호리 다쓰오 걸작 컬렉션

눈 위의 발자국

눈 위의 발자국

발행일	2022년 3월 28일

지은이	호리 다쓰오		
옮긴이	문헌정		
펴낸이	손형국		
펴낸곳	(주)북랩		
편집인	선일영	편집	정두철, 배진용, 김현아, 박준, 장하영
디자인	이현수, 김민하, 허지혜, 안유경, 최성경	제작	박기성, 황동현, 구성우, 권태련
마케팅	김회란, 박진관		
출판등록	2004. 12. 1(제2012-000051호)		
주소	서울특별시 금천구 가산디지털 1로 168, 우림라이온스밸리 B동 B113~114호, C동 B101호		
홈페이지	www.book.co.kr		
전화번호	(02)2026-5777	팩스	(02)2026-5747

ISBN	979-11-6836-239-0 03830 (종이책)		979-11-6836-240-6 05830 (전자책)

(주)북랩 성공출판의 파트너

북랩 홈페이지와 패밀리 사이트에서 다양한 출판 솔루션을 만나 보세요!

홈페이지 book.co.kr • **블로그** blog.naver.com/essaybook • **출판문의** book@book.co.kr

---

작가 연락처 문의 ▸ ask.book.co.kr

작가 연락처는 개인정보이므로 북랩에서 알려드릴 수 없습니다.

눈 위의 발자국

호리 다쓰오 걸작 컬렉션

문헌정 옮김

북랩

차
례

일러두기

- 이 책의 모든 주는 독자의 이해를 돕기 위한 옮긴이의 주입니다.
- 명확한 의미 전달을 위해 일본어와 한자를 선택적으로 병기했습니다.

잔
설

斑雪

"겨울이 와서 눈이 내리면 바로 알려 주세요. 그때는 꼭 혼자라도 올 테니까요…"

산골 마을에 결국 남아서 겨울을 넘기게 된 K네 부부에게 나는 가을 중순쯤 그 마을을 떠날 때 이런 말을 남겼었다.

'오늘 아침 무렵부터 갑자기 눈이 내리기 시작했어요. 이 상태라면 제법 쌓이겠는데 남편이 일찍 알리는 게 좋겠다고 해서 이제 이 편지를 가지고 눈 속을 헤치고 우체국까지 한달음에 갑니다.'

마리코萬里子 씨로부터 그렇게 소식을 전해 온 건 벌써 12월 하고도 끝자락에 가까웠다.

이전부터 눈 내린 시나노지길信濃路을 보고 싶어 하던 M 학생을 권해 내가 마침내 소박한 겨울 여행에 나서게 된 건 그러고 나서 사나흘 뒤였다…. 함께 갈 예정이던

눈 위의 발자국

아내의 사정이 안 좋기도 하고 외출하는 데 좀 시간이 걸려 아내는 따로 이삼일 뒤에 오게 했다.

저녁때 도착한 그 산골 마을에는 며칠 전 내린 눈은 벌써 거의 다 사라지고, 숲속 군데군데 눈다운 눈이 조금 남아 있을 뿐이었다. 이런 숲속에 K네 부부가 겨우살이 하는 산막이 있다.

"어머, 잘 오셨어요."

오두막집 안에서 뛰어나와 우리를 맞아 준 마리코 씨는 대충 인사가 끝나자, 자못 난처한 듯 눈을 휘둥그레 뜨고 말끄러미 나를 처다보며 말했다.

"그런데 눈이 벌써 다 사라져 버려서. 왠지…."

"아뇨, 눈은 아무래도 상관없어요."

나는 당황해서 손사래를 치며 말을 가로챘다.

"이번 눈은 오전 내내 왔거든요. 많이 쌓이긴 했었는데 오후부터 햇볕이 비쳐 순식간에 녹아 버리는 바람에, 그런 편지를 보내 놓고 얼마나 안절부절못했는지. 그래도 아직 저쪽 부근에는 조금 남아 있어요."

이제 막 날이 어둑해지는 숲속 안쪽에 무슨 무늬처럼 아직 더러 보이는 잔설을, 마리코 씨는 약간 멋쩍은 듯 가리켰다.

나는 이제 그런 건 아무래도 상관없었다. 잎이 전부 떨어져 숲속이 한없이 성기어 보이는 모습을 신기한 듯 쳐다보는 M과 어울려, 그대로 잠깐 셋이 그 자리에 서서 쳐다보았다. 그러다 보니 오두막집 그늘에서 보브가 뛰어나왔다.

"보브, 안 돼…!"

마리코 씨는 그 사람 잘 따르는 개가 흙발로 나한테 덤벼들려 하자 재빨리 붙잡았다.

"이봐!"

K가 오두막집 안에서 목만 밖으로 삐죽 내밀고 우리에게 말을 걸었다.

"뭘 하고 있어. 추운데."

"이번에 내린 눈을 보여 주고 있어요."

마리코 씨는 보브가 버둥거리는 걸 간신히 제지하며 말했다.

"눈이 여태까지 있을 리 없지."

추위를 많이 타는 K는 집 안에서도 목도리를 두른 채로, 집에서 나오려고도 않고 우리를 재촉했다.

"어서들 들어오게나."

"아까 이 숲 입구에서, 정신이 돌았다고 해야 하나, 그 이상한 여인을 봤는데 왠지 여름과는 달리 몰라보게, 멋진 모피 외투를 입고 진홍색 베레모인가를 쓰고 거드름을 피우며 걸어가던데, 이런 겨울 마을에서 혼자 뭘 하는 걸까?"

나는 난로에 몸이 데워지자, 불현듯 그 이상한 여인이 생각나 말했다.

"그럼 오늘 또 보러 왔었나? 이걸로 세 번째예요."

마리코 씨는 갑자기 눈을 휘둥그레 뜨고, 목도리를 두른 채 난롯불을 휘젓고 있는 K 쪽을 쳐다보았다.

"왠지 자주 오네."

K는 그제야 손을 멈추고 이야기에 끼었다.

"이 조금 건너편에 11월경까지 살던 독일인 가족이 있는데 말이지, 그게 크리스마스쯤 되면 다시 오겠다고 잠깐 독일에 갔거든. 그들이 아직 오지 않았을까 해서, 저러고 벌써 2주일 전쯤부터 매일같이 그 여인이 상황을 살피러 오는 걸세. 두세 번 우리 집에도 들러 뭔가 걱정스

러운 듯 사정을 물어보길래 우리도 그때마다 상대해 주
긴 하는데, 안부 편지라도 보내 보면 어떻겠냐고 했더니
그냥 고개만 젓더군. 이제 그 집에서 오지 않으리라는 걸
아는 거지. 그런데 요즘은 하루에 두 번이고 세 번이고
찾아오는 거야. 언제나 그 모피 외투를 입고 빨간 베레모
를 쓰고. 그리고 그때마다 우리 집 안을 말끄러미 쳐다보
다가 가잖아. 그걸 또 마리코는 못마땅해하고…."

"결국에는 혼자 너무 외로운 거네. 이쪽의 다른 외국인
들하고는 전혀 교제가 없나?"

"아무래도 그 여인만 외톨이가 됐나 봐. 마을 사람들한
테 들으니, 그녀는 기가 찰 정도로 심각해 아예 상대가
안 된다더군."

"그런 거야? 어떤 집안의 여인인지 잘 모르겠지만, 나는
여름 같을 때 그 여인이 기묘한 차림으로 쇼핑백을 손에
들고 왠지 기신기신 걸어가는 모습을 보고는 누굴까 생
각했었거든. 그래서 이번 여름에 들은 이야기네만 애인
이 있다더군. 여름마다 찾아오는 헝가리 음악가인가 봐.
그 사내와 마을 같은 데서 만나면, 사람들이 많든 어쨌
든 개의치 않고 멈춰 서서 가만히 그 음악가 얼굴을 뚫어

지게 쳐다본다는 거야. 그게 벌써 이래저래 십 년을 마음에 둔 사람이라더군."

"그 여인한테도 그런 사연이 있군."

K는 고개를 끄덕였다.

"아무래도 이런 데 와 있는 외국인 중에는 꽤 유별난 자도 있겠군. 여름에는 그렇게 초라한 차림으로 있던 여인이, 겨울이 되어 아무도 없으니 갑자기 멋진 모피 외투 같은 옷을 차려입고 숲속을 돌아다니리라고는 상상도 못할 일이지. 그런데 저렇게 혼자서도 잘 지내고 있다는 거잖아."

"정말 잘 지내고 있지…"

K도 깊이 생각해 본 듯 대답했다.

"그나저나 남들 얘기보다도, 추위를 어지간히 타는 자네가 이런 데서 잘 참고 있구먼. 어떻게 지내고 있을 거라고는 가끔 소문으로 들었어."

"살려고 마음먹으면 어떻게 해서든 살게 된다는 사실을 알게 되었네. 그리고 추위란 이런 거지, 하고 생각해 버리니 얼마든지 참아지더군."

"그래도 마리코 씨," 하며 내가 끼어들어 말했다. "당신

일은 힘들죠?"

"안 그래요, 지금으로선 전혀 힘들지 않아요."

마리코 씨는 그런 일은 정말 아무것도 아니라는 식으로 대답했다.

"그야 힘들 리가 없지, 일주일을 똑같은 음식만 먹여도 나는 아무 말도 안 하는걸."

K는 그렇게 말해도 전혀 불평 같지는 않았다. 오히려 그렇게 산속에서 지내는 간소한 생활을 즐기고 있는 것처럼 보였다.

저녁 식사는 그러나 산속에서 받은 대접치고는 뜻밖의 진수성찬이었다. 모처럼 넷이서 닭고기 전골을 가운데 놓고 둘러앉아 몸은 물론 마음까지 훈훈해져, 이런저런 세상 이야기를 나누는 게 즐거웠다.

나는 올가을부터 겨울까지 혼자 여행하며 다녔던 아마토지 거리 이야기를 해 주었다. 그러고 나서 여행 마지막 날에 엘 그레코*의 그림을 구경하고 왔던 일도 말했다. 구라시키**라는 작은 마을까지 무려 다섯 시간이나 걸려

---

* 엘 그레코El Greco(1541~1614): 그리스 태생의 에스파냐 화가.

** 구라시키倉敷: 오카야마현岡山縣 남부.

찾아가 가까스로 그곳 미술관에 당도했고, 화랑 안으로 들어가자마자 곧장 엘 그레코 그림을 가까이 가서 봤고, 그림은 생각했던 것보다 작긴 했지만 정말 대단한 그림으로, 단번에는 잘 이해되지 않아 어쩔 수 없이 다른 빈센트 반 고흐*나 앙리 드 툴루즈 로트레크** 등의 작품을 대강 찬찬히 구경하고 다니다가 가장 마지막에 다시 그곳에 가 봤더니, 그제야 겨우 좀 차분한 마음으로 그 그림과 마주하게 되었다고 이야기하며, 엘 그레코 같은 그림이 우리로선 감상하기에 절대 간단한 그림은 아니라는 점까지 생각을 차근차근 말했다.

"그 작품 역시 아주 작은 '수태고지 그림'이란 말이지. 거기에서는 이 서정적인 화제에 대해 품고 있는 우리의 관념이 아주 보기 좋게 깨져 버리거든. 천사는 천사대로 어둠 속에서 돌연 반짝반짝 빛나는 이상한 존재로 그려져 있고, 천사 쪽을 놀라 쳐다보는 처녀의 표정도 뭔가 심상치 않아 보여. 모든 게 너무 비극적인 느낌이더군…. 이번에는 그거 하나라도 잘 감상하고 가야겠다고 생각하

---

* 　빈센트 반 고흐Vincent van Gogh(1853~1890): 네덜란드 출신의 프랑스 화가.
** 　앙리 드 툴루즈 로트레크Henri de Toulouse-Lautrec(1864~1901): 프랑스 화가.

고 꽤 열심히 보고 왔네만, 도저히 아직까지 그 그림은 알다가도 모르겠어. 그래, 모른다기보다 왠지 그런 그림이 그런 곳에 가 있다는 자체가 신기하게 느껴져. 왠지 그 그림이 있어야 할 장소에 있지 않은 듯한…. 그만큼 뭔가 이상하다는 거야…"

"엘 그레코의 그림은 저도 한번 구경해 보고 싶네요."

K는 난로 위쪽 공간을 뚫어지게 쳐다보았다.

"이렇게 불을 지피고 있으면 밤에도 전혀 적적하지 않겠어요."

나는 갑자기 마리코 씨 쪽을 향해 말을 걸었다. 언제 부엌에서 들어왔는지 마리코 씨 발치에는 보브가 따뜻한 듯 웅크리고 앉아, 우리의 화기애애함 속으로 들어와 있었다.

"난 처음 여기서 겨울을 나게 됐을 때 저녁에는 너무 적적해 어쩌나 매일 걱정했는데, 완전 밤이 되었을 때 불을 자꾸 지피자 금세 전혀 적적하지 않더라고요."

"정말로." 마리코 씨는 큰 눈으로 물끄러미 내 쪽을 다시 쳐다보며 고개를 크게 끄덕였다.

그리고 나서도 난로를 앞에 두고 한참 동안 여러 화제

로 이야기꽃을 피웠다….

그날 밤 열 시가 지나 우리는 숙소로 돌아가기로 했다. K 부부도 그곳까지 좀 바래다주겠다며 목도리를 두르고 외투를 입었다. 괜찮다고 거절했지만 함께 집을 나섰다. 보브도 뒤에서 바짝 붙어 따라왔다. 밤공기는 희박하고 살갗을 파고들 정도로 무척 차가웠다. 우리는 내일은 어디 더 깊은 산 쪽, 즉 스가다히라*나 노베야마野邊山 고원 부근까지 나갔다가, 아내가 이리로 올 즈음에 다시 돌아오기로 약속하고 숲속 외곽에서 헤어졌다.

우리는 그 뒤로 아무 말 없이 고목나무 아래를 빠져나가, 얼어붙은 땅이 우리 신발에 밟혀 깨지는 소리를 들으며 걸어갔다. 그런데 가끔 어딘가에서 또 다른 소리, 이를테면 단단한 금속 부딪치는 소리가 희미하게 들려왔다.

"저건 무슨 소리죠?"

M이 의아한 듯 물었다.

"아, 저 소리? 그건 자네, 마른 나뭇가지와 나뭇가지가 서로 바람에 부딪치는 소리야. 이봐, 저렇게 살짝만 부딪

---

* 스가다히라菅平: 나가노현長野縣 동부, 아즈마야산四阿山·네코다케산根子岳의 남서부로 펼쳐진 고원. 스키장으로 유명.

혀도 꽤 날카로운 소리를 내지. 공기가 건조해진 상태라는 거네…"

이렇게 말하며 함께 머리 위쪽 나뭇가지 끝을 쳐다보자, 쉴 새 없이 희미하게 흔들리는 마른 나뭇가지들 사이로 들여다보이는 광경은 온통 별들이 총총한 하늘이었다. 그리고 또 그 별 하나하나가 도쿄 같은 곳의 하늘에서 보는 것보다는 훨씬 더 커 보였다.

갑자기 오른편에 있는 빈집 뜰의 한쪽 구석에서 낙엽 더미를 휘젓는 부스럭거리는 소리가 들려왔다. 뭔가 하얀 물체가 주위를 혼자 이리저리 뛰어다니고 있었다.

"보브!"

나는 소리 나는 쪽으로 외쳐 보았다.

그러자 마치 메아리처럼 건너편 숲에서 "보브!" 외치는 소리가 희미하게 들렸다.

"방금 전 목소리는 마리코 씨 같아. 조용하네. 왠지 오랜만에 이런 옛 겨울을 만난 기분이 드는군…"

"또 여기서 겨울을 지내진 않으세요?"

M은 마치 그게 대수롭지 않은 일처럼 말했다.

"그런 생각도 가끔은 하지…"

나는 이렇게만 답했다.

또다시 우리는 얼어붙은 땅을 밟아 깨며 천천히 걷기 시작했다.

이튿날. 우리는 아침 일찍 고모로*까지 나가, 거기서부터 야쓰가타케산** 기슭의 들판을 비스듬히 가로지르는 가솔린차에 올라탔다. 벌써 겨울 휴가철이 됐는데도 이 산기슭 지방 사람들이 워낙 운동을 안 좋아해 승객은 우리 말고는 모두 고장 주민들 같았다.

미나미사쿠南佐久 마을 사이를 처음 한 시간 정도는 그냥 지쿠마가와강千曲川만 따라갔다. 그러다 강변 풍경이 조금씩 바뀌어 백양나무와 자작나무가 많아졌고 돌을 얹은 판자 지붕의 민가가 눈에 띄었다. 그리고 또 고목나무와 집 맞은편으로, 활짝 갠 겨울 하늘에 새하얀 야쓰

---

* 고모로小諸: 나가노현 동부에 있는 시.

** 야스가타케산八ヶ岳: 북쪽에 있는 다테시나야마산蓼科山(해발 2,530미터)에서부터 남쪽 아미가사야마산編笠山(해발 2,524미터)까지 남북 약 25킬로미터 거리로 약 20개의 봉우리가 이어진 화산.

가타케산 연봉* 모습이 뚜렷하게 시야에 들어왔다.

그렇게 또 인가들이 많은 평원을 가로질러 점점 눈 덮인 산에 가까워져 가는, 어떤 말로도 표현할 수 없는 쾌감을 만끽하며 나는 그늘에서 아직 녹지 않은 잔설에 가끔 시선을 주었다.

"이 상태라면 노베야마산野邊山까지 가더라도 눈이야 별것 아니겠어."

나는 이런 말을 중얼거리기도 했다.

"그럴까요."

M은 전혀 짐작 못 하겠다는 모습으로, 여전히 창문 너머로 하얗게 반짝이고 있는 야쓰가타케산 쪽을 바라볼 뿐이었다.

그러는 사이 점점 골짜기로 들어갔다. 잠깐 산들과도 이별했다. 그러다 갑자기 골짜기처럼 움푹 들어간 지쿠마가와강이 흐르는 한가운데에, 얼마 안 되는 큰 돌이 나뒹구는 모습만 눈에 띄었다. 그렇게 골짜기 안쪽에 자리한 우미노쿠치海の口라는 마지막 마을을 지나고 나서도 가솔

* 연봉連峯: 죽 이어져 있는 산봉우리.

린차는 지쿠마가와강을 따라 어디라도 갈듯 계속 달렸고, 급하게 큰 커브를 그리며 돌아 졸참나무 숲속을 벗어나자 갑자기 탁 트인 고원으로 나왔다. 그리고 아직 잔설이 꽤 많은 그 초원 건너편 일대의 숲 위쪽으로 새하얀 야쓰가타케산 연봉, 그중에서도 멋진 아카다케산赤岳과 요코다케산横岳 두 봉우리가 나란히 우뚝 솟아 있었다.

'고원이란 건 이렇게 그곳으로 들어섰을 때의 첫 순간이 뭐라 말할 수 없이 인상적이고 좋구나!'

나는 이렇게 감동하는 시선으로 M을 쳐다보았다.

이윽고 노베야마역野邊山駅에 도착했다. 희고 깔끔하며 세련된 조그만 건물로—아니, 이제 그런 것들은 아무래도 상관하지 않겠다. 그보다도 나는 이 작은 역에 내려서 가로로 쓴 '노베야마'라는 네 글자가 눈에 들어온 순간 나도 모르게 깜짝 놀랐다. 이제껏 미처 생각지 못한 '노베야마'라는 지역 이름이 참으로 아름다웠다. 이를테면 소박한 호칭에서 어떤 맛깔스러움이 있다고나 할까. 그렇게 여기까지 찾아와 그 네 글자를 아무렇지 않게 입에 담았을 때 비로소 그 맛깔스러움이 이해되는, 그만큼 이 땅의 일부가 되어 버린 순수한 이름이구나 싶었다…

그 고원 역에서 내린 사람은 우리 말고는 사냥개를 데리고 온 일행 두 명이 전부였다. 그들 일행은 우리 속에 넣어온 개를 역무원과 함께 밖으로 꺼내고 있었다.

그래서 우리 둘만 역 밖으로 나갔는데 그곳은 온통 진흙땅이었다. 역 부근에는 사택 같은 건물 하나 외에, 휴게소로 꾸민 찻집 두 채가 있긴 했지만 둘 다 문이 닫혀 있었다. 그런 곳에서 잠깐 쉬며 간단히 요기라도 하면서 다음에 어디를 어떻게 다닐지 생각해 볼 생각이었다. 거기에 가 보면 대체로 어떻게 해야 좋을지 자연히 알게 될 거라는 식으로, 나는 늘 그러했듯 대수롭지 않게 여기고 있었다.

그런데 바로 눈앞에 아카다케산과 요코다케산이 선명하게 보이긴 하면서도 이 진흙탕 길로는 속수무책이었다. 모처럼 찾은 노베야마 벌판을 기분 좋게 돌아다니기에는 애초에 그른 듯했다. 게다가 벌써 정오에 가까운 시간이었다. 어떻게든 배를 채워야만….

"저기에 뭔가 일하는 사람들이 보여. 저 사람들한테 물어보면 조금은 주변 사정을 알 수 있을지도 모르지."

나는 M에게 이렇게 말하고, 심한 진흙땅 속에 빠지지

않으려고 길 가장자리로 조심스레 걸어서 옛 큰길로 보이는 옆으로, 두 사내가 작업복 차림으로 부지런히 일하고 있는 쪽으로 다가갔다.

그런데 점점 그쪽으로 다가가 보니, 사내들이 거친 손놀림으로 가죽을 벗기고 있는 게 토끼라는 걸 알았다. 그리고 방금 막 벗긴 가죽이 몇 개나 이미 판자에 펼쳐져 들러붙은 게 보였고, 가죽이 벗겨진 고깃덩이는 길바닥에까지 나뒹굴고 있었다.

"이건 못 참겠어. 정말 질색이야. 다시 한번 역으로 가서 물어보자."

나는 얼른 그쪽으로 등을 돌리고, 다시 진흙탕 안이고 뭐고 개의치 않고 큰길을 곧장 가로질렀다. 그때 우연히 시선을 들자, 마침 눈앞에 조그만 이정표가 서 있었다. 그래서 봤더니 오른쪽이 이타바시板橋, 왼쪽이 산겐야三軒屋. 양쪽 모두 이 킬로미터쯤 되는 거리였다.

아, 그래 이타바시라는 마을은 어쩐지 들어 본 적이 있어. 분명 거기에는 쓸쓸한 정취가 느껴지는 여관도 있을 거야. 이 킬로미터쯤이면 망설이지 말고 한번 가 볼까, 하며 M과 의논하고 있는데, 바로 그때 이타바시 쪽으로 통하는—한쪽 편은 숲이고 또 다른 한쪽은 초원을 이룬—
곧게 가로지르는 큰길을 어디서 어떻게 벗어났는지, 아까
역에서 얼핏 봤던 사냥꾼 둘이 큰 사냥개를 앞세우고 빠
르게 걸어가는 모습이 보였다.

"가세!"

내가 말했다.

"네."

M도 내 제안에 바로 응했다.

우리는 사냥꾼 일행 뒤를 쫓듯 그 큰길을 걷기 시작했
다. 온통 심한 진흙탕이었지만 길가로는 여전히 약간 눈
이 남아 있었다. 그런 눈 위를 골라 걸으면서 가끔 한쪽
고목나무 숲 사이로 아카다케산과 요코다케산이 아주
가깝게 보이도 하고, 다른 한쪽으로는 아직 제법 눈이
남아 있는 드넓은 초원 저 멀리에 보이는 고부시가* 국경
의 희읍스레한 산들이 구획한 광경을 바라보니, 꽤 좋기
는 좋았다. 햇볕도 제법 따뜻해, 이러고 걸으니 땀이 좀
날 정도다. 하지만 우리 앞을 걸어가던 사냥꾼들은 갑자

---

* 고부시가甲武信: 야마나시현山梨縣·사이타마현埼玉縣·나가노현長野縣 세 현의 경계에
　있는 해발 2,475미터 높이의 산.

기 숲속으로 들어갔는지 불과 십 분도 안 되어 이미 온 데간데없었다. 그 대신 어느새 우리 뒤에는 무거운 가방을 멘 우편배달부가 혼자 모습을 드러내고 묵묵히 진흙탕 속을 계속 걸어, 곁눈질도 하지 않고 우리를 앞지르려 했다. 우리도 그것에 팔린 듯 갑자기 둘 다 잠자코 멍하니 멈춰 선 채, 우편배달부가 지나가는 걸 그냥 보고 있었다.

결국 우리 둘만 남게 되자, 별로 서두를 여행도 아니기에, 눈이 아직도 꽤 남아 있는 초원 쪽으로 잠깐 들어가 보았다. 하지만 거기에도 눈은 그리 많지 않았다. 그저 멀리서 보기에 그렇게 보였을 뿐이다. 그런데 이렇게 잔설이 있는 초원 한복판에 서서 바라보니, 여기저기 한 그루씩 떨어져 서 있는 자작나무들이, 그 기묘하게 가지를 비튼 모습마저 왠지 정겹게 느껴졌다.

"이런 고원 나무들은 어딘가 고독한 모습을 띠고 있군."

나는 문득 M에게 이렇게 말했지만 그 표현만으로는 여전히 뭔가 부족한 느낌이었다.

그 뒤로 우리는 그대로 초원의 눈 위를 걸어 보았지만 좀처럼 길이 앞으로 나아가지 않았다. 그래서 다시 조금 전에 왔던 큰길 쪽으로 가기로 했다.

봤더니, 이번에는 큰길을 역시 판교 쪽으로 여인이 암염소 한 마리를 데리고, 이렇게 고개를 약간 숙이고 걸어갔다. 아직 젊은 여인 같았다.

겨울 한낮, 가끔 눈부시게 빛나는 설원, 바람으로 가지가 뒤틀린 수목, 이 모든 걸 둘러싸고 있는 눈 덮인 산들, 그런 자연 속에서 혼자 태어난 듯한 양치기 여인…

"마치 조반니 세간티니* 작품에 나오는 여인 같아."

나는 엉겁결에 조그맣게 내뱉었다. 그리고 또 이어 말했다.

"고개 숙인 모습까지 쏙 빼닮았군."

"세간티니라면 저는 구라시키 미술관에 있는 것밖에 몰라요."

M은 내 말을 그대로 받아들이기에는 조금 자신이 없어 보였다.

"모른다고 한다면, 나야말로 전혀 아는 게 없지, 그냥 문득 세간티니 그림이 연상됐어."

---

* 　조반니 세간티니Giovanni Segantini(1858~1899): 이탈리아 화가.

나도 이렇게 변명했다. 그리고 또 말했다.

"하긴 저기에도 알프스 그림인가 뭔가 있었지. 그건 어떤 그림이더라?"

"분명 한낮의 목장을 그린 그림으로, 알프스가 멀리 보이고, 앞쪽에 여자 목동이 서 있는 구도였던 것 같은데요…."

"아, 그러고 보니 생각나네. 뭐 이렇게 묘하게 뒤틀린 자작나무에 그 여자가 기대고 있는 그림이지."

나는 그곳 미술관에서는 엘 그레코 그림만 구경하고 왔다고 생각했는데, 세간티니 같은 특이한 그림도 주의 깊게 구경한 것처럼 느껴졌다. 아까 초원에 서 있던 나무를 정겹게 바라보면서, 뭔가 금세 생각날 듯하면서도 여전히 생각나지 않는 것이, 거의 잊고 있던 그 세간티니의 그림에 그려진 자작나무와도 어떤 관계가 있겠다고 문득 느꼈다. 하지만 그건 아직 내 기억으로도 확실치 않다…

우리는 암염소를 데려가는 젊은 여인을 뒤쫓아, 서둘러 진흙탕 큰길로 나가서, 다시 길가에 잔설이 있는 곳을 골라 가며 걷기 시작했다. 하지만 그렇게 조심스레 겨우 걷던 우리는 진흙탕 속을 태연히 걸어가는 목동 여자와도 거리가 자꾸자꾸 벌어지고 말았다. 그러다 어느새 또 다시 우리 둘만 남겨지고 말았다.

이런 식으로는 아무리 걸어도 노베야마고원이 끝날 것 같지 않았다. 그럭저럭 한 시간은 족히 걸었을 거다. 배가 고파 더 이상 잡담할 기운조차 없어, 둘 다 진흙투성이가 된 신발을 그냥 무겁게 옮길 뿐이었다.

그래서 더 이상 아무 말도 하지 않고, 나는 예전 소책자로 읽은 적 있는 세간티니의 아름다운 인생 등을 계속 생각해 보았다. 세간티니에게는 알프스 고원의 자연 속에서, 말하자면 인간이 사는 자연의 아슬아슬한 한계 지점에 인간을 놓고 그린 듯한 그림이 많은데, 그 그림들 모두 묘하게 친근하다. 인간 세계에서 벗어나면 벗어날수록, 그리고 또 거기에 그려진 알프스의 풍경이 정말 격렬하면 격렬할수록 세간티니의 그림이 지닌 정겨움은 결국 더 절실해진다. 게다가 세간티니의 그림 사진을 보는 것만으로도 뭔가 우리 마음을 움직이는 게 있지 않을까….

'그래, 내가 아까 초원에 서 있던 나무를 가만히 바라보는 동안에 문득 뭔가 기억이 날 듯 말 듯 했던 것, 그것 때문에 나도 모르게 머릿속을 가득 채웠던 것, 그건 바로 나무들의 어떤 모습만이 아닌, 이런 고원 안에서 생명을 얻은 모든 조그만 생물들이 갖는 심오함이야. 그것들은 얼핏 보면 범접할 수 없는 고독한 자태를 띠지만, 그들만큼 정겨운 건 없어. 그 정도로 절실하게 존재의 본질을 동경하는 건 없다는 뜻이지….'

그런 생각을 계속하다가 어느새 나는 진흙투성이가 된 신발 무게는 별로 개의치 않게 되었다.

"저기 덤불 속에서 말 두세 마리가 풀을 먹고 있네요. 이제 마을이 가까워진 게 아닐까요?"

M은 자신의 큰 몸집을 조금 다루기 버거운 듯 보였다.

"밭도 있잖아!"

나도 모르게 목소리가 들떴다. "이제 마을에 도착했나 봐."

어느덧 우리가 걷던 큰길은 초원을 벗어나 양쪽이 잡목림과 밭으로 바뀌었다. 그러다 조금 언덕이 이어졌다. 이런 지형 변화는 이제 정말 광야가 끝났다는 걸 연상케 했다. 다시 기운을 내어, 점점 급해지는 비탈길을 올라가자 막다른 곳에 초가지붕을 얹은 집 한 채가 보이고 그 집 앞, 즉 산그늘이 진 길 근처에서 야윈 한 노인이 일대

에 아직 남아 있는 눈을 삽인지 뭔지를 이용해 그러모으
고 있었다.

　거기까지 언덕을 다 올라갔다. 손에 들었던 삽에 의지
해 한숨을 돌리고 있는 노인에게 가볍게 인사를 건네며
옆을 지나려는 순간 바로 눈앞에, 강을 낀 조그만 마을
이 보였다. 그 중간쯤에는 오래된 나무다리 하나가 자못
붙임성 있게, 그렇게 '이타바시'라는 이름을 가진 마을의
표시처럼 놓여 있었다. 그리고 또 어느새 우리 시야로부
터 사라졌던 야쓰가타케산 연봉이 마침 그 다리 바로 위
에서 다시 새하얗게 반짝이고 있었다.

　　　　　　　　　　　　　　　　　눈 위의 발자국

썰
매
위
에
서

橇の上にて

그곳 오두막집 안에서 기다려 달라는 말대로, 대여섯 명 되는 마부 같은 사람들 틈에 끼어 잠깐 무료하게 화롯불을 쬐다가, 모두가 피워 대는 담배 연기에 숨이 막히며 갑자기 기침이 나와 나는 집 밖에 나가 있었다. 그 뒤로 내가 들어가려는 시가야마산志賀山의 안내도를 보고, 자잘한 눈들이 조금씩 날리는 속을 아무 생각 없이 거닐어 보았다. 눈은 질적으로 건조하고 보슬보슬 내리는 데다 바람조차 없어 영하 몇 도인지는 모르겠어도 추위는 그리 심하게 느껴지지 않았다. 그러다 맞은편 마구간 안에서, 조금 전에 봤었던 젊은 마부가 말고삐를 잡고 눈썰매 하나를 끌고 나오는 모습이 보였다. 나는 눈썰매라는건 처음 봤다. 엉성한 상자 모양에 포장은 그냥 명목뿐이고 누덕누덕 기운 회색 천만 씌워져 있었다. 마부가 앉을 자리도 없다. 하기야 마부는 말 앞에 서서 눈 속을 걸어

눈 위의 발자국

가는 거다.

썰매를 내 앞에 댔지만 어디로 타야 할지 몰라 머뭇거리고 서 있자, 마부가 달려와 휘장을 들어 올리며 입구를 열어 주었다. 안에 깔린 돗자리가 언뜻 눈에 띄어 내가 서둘러 신발을 벗으려 하니 그냥 올라타라고 했다. 그래서 나는 그저 시늉만으로 외투를 털고, 신발에 묻은 눈들을 털어 내고는 고개를 숙이고 휘장 안으로 들어갔다. 내부는 둘이 마주 보고 겨우 앉을 정도였지만 거기에는 방석과 담요에 난로까지 준비되어 있었다. 난로에는 불도 잔뜩 들어 있었다. 추우니 난로에 발을 얹고 그 위로 담요를 덮으라고 일러 주었다. 일러 준 대로, 내가 거기 있던 담요를 펼쳐 무릎 위에 덮은 걸 확인하자 마부는 휘장을 완전히 아래로 내리고 말이 있는 쪽으로 급히 달려갔다.

마침내 눈썰매가 덜컹거리며 움직이기 시작했다. 흔들리는 느낌이 별로 좋지는 않았다. 게다가 장막에는 창문이 하나도 나 있지 않아 바깥 경치를 전혀 볼 수 없다는 게 무엇보다 결점이다. 이대로 이렇게 덜컹덜컹 흔들리며, 담요 속에 움츠리고 있으면 얼마든 추위는 견디겠지만 아무것도 안 보여, 애써 눈 속까지 찾아온 보람이 없다. 그래서 휘장을 살짝 위로 올리고 내다봤지만 그 정도로는 길가에 쌓인 눈밖에 아무것도 보이지 않는다….

아까부터 목덜미가 좀 춥다고 생각했는데 그 부분만 장막 천이 약간 벌어져 펄럭거리고 있다는 걸 그제야 알았다. 펄럭이는 천을 시험 삼아 손으로 살짝 한 번 들어 올리고 보았더니 자그만 창문 같았다. 나는 이거 잘됐다 싶어, 거기에 눈을 가져다 댔다. 마침 마을의 가장 끝 집인 듯, 절반이 눈 속에 파묻힌 찻집 같은 건물 하나를 지나쳤다. 잠깐 사이였는데 벌써 눈이 꽤 많이 쌓인 모양이었다.

그러다 여기저기서 숲과 산이 시야에 들어왔다. 자잘한 눈이 일대에 계속 퍼부어 그것도 아주 가까운 것밖에 보이지 않았지만…. 그래도 나는 난생처음 보는 듯한 눈 덮인 산속으로 들어가는 느낌이 들었다. 그런데 그렇게 바깥만 내다보고 있자, 바깥에서 가느다란 눈들이 계속 들이치는 듯하더니 무릎 위를 덮은 담요가 살짝 하얘져 있었다. 나는 담요를 가볍게 털면서 조금 자리를 고쳐 앉아, 잠깐 눈을 감아 보기로 했다. 아무것도 안 보여도, 몸이 기우는 방향으로 오르막이 급해졌다가 다시 좀 더 편해지는 상태를 충분히 감지할 수 있었다. 왠지 나의 불안정한 느낌이 어느 정도 사라지자 썰매도 어느새 멈춰 버렸다. 말이 숨을 돌리려고 잠깐 쉬는 거였다. 눈 속에 드문드문 서 있는 나무들을 둘러봐도, 사방에서 눈이 몰아쳐 얼마나 많은 눈이 왔는지 전혀 짐작이 안 간다. 썰매 길은 잔뜩 얼어붙었는데 계속 오르막이 이어져, 말이고 마부고 모두 꽤 고생이겠다 싶었다.

또다시 썰매가 멈추었다. 이번에는 꽤 오래 서 있나 싶었는데, 눈 속에서 갑자기 뜻밖의 말하는 소리가 들려왔다. 아무래도 맞은편에서 내려오는 눈썰매가 있어 길을 양보하는 듯했다.

"아직 뒤에 더 오는가?"

맞은편 마부가 묻자,

"아니, 이제 이 썰매가 마지막이네."

하고 이쪽 마부가 대답했다….

그러다 내가 탄 썰매가 움직이며 맞은편 썰매를 비껴

가려 할 때였다. 갑자기 상대 마부가 뭔가 호되게 자기 말을 호통치기에 아까 그 구멍으로 내다봤더니, 길을 피하려다 한쪽 편에 쌓인 눈 속으로 깊이 빠져 버린 썰매를 끌어내려고 하고, 함께 발버둥 치는 말은 거의 가슴 언저리까지 눈 속에 파묻혀 있었다. 몇 번이나 앞다리를 눈 속에서 빼내려 했지만 일대에 눈보라가 휘날리고 있었다. 나까지 언걸입을 것 같아 재빨리 고개를 안으로 넣었다. 맞은편 썰매는 장막이 완전히 내려져 있긴 했지만 안은 텅 비어 있는 듯했다.

이어서 또 다른 썰매 한 대를 스쳐 지나갔다. 이번에는 그럭저럭 잘 지나갔고 그것도 빈 썰매 같았다.

그렇게 썰매 두 대를 가까스로 피해 한참을 가다가 나는 우연히 시계를 꺼내 보았다. 썰매를 탄 지 벌써 한 시간이 지나 있었다.

'아, 벌써 이렇게 오래 탔구나!'

뜻밖이라고 생각하며, 대체 지금 얼마나 변했을까 싶어 다시 그 구멍에 얼굴을 가져다 대고 봤더니, 마침 내가 탄 썰매가 지나가는 절벽의, 즉 훨씬 아래쪽 계곡 같은 곳을 썰매 두 대가 빠르게 내려가는 모습이 유일한 움직

임으로 참 정겹게 보였다. 그나저나 저게 방금 나를 스쳐 지나간 썰매가 맞나 싶을 만큼, 그렇게 어느새 아래쪽까지 내려갔다는 사실에 놀랐다. 그리고 그 광경과 더불어, 비로소 내가 어느새 들어선 산속의 깊이를 짐작할 수 있었다. 그만큼 이제까지 내 시야에는 아무리 시간이 흘러도 똑같은 하얀 산, 똑같은 하얀 계곡, 똑같은 모양의 흰 나무숲만 들어왔던 거다.

　나는 그 뒤로 썰매 안에서 다시 자리를 고쳐 앉아 덜커덩덜커덩 흔들리는 대로 몸을 맡기면서, 드디어 나도 오랫동안 그리던 설산에 왔구나, 생각했다. 꽤 오래전부터, 지금처럼 이러고 그저 눈 덮인 산속에 있길, 그것만을 얼마나 내가 원했던가. 딱히 눈 내린 한복판에서 어쩌겠다는 것도 아니다. 스포츠맨하고는 거리가 먼 나약한 나는 그냥 이런 눈 속에 가만히 있으면서 새하얀 산이니(그래, 산 역시 그리 엄청나지 않더라도 마침 지금 눈앞에 있는 소품 풍 산으로 충분하고…) 새하얀 계곡이니(계곡도 저 계곡으로 만

족하고…), 눈 덮인 몇 개의 나무숲(거기에 서 있는 자작나무 같
은 나무들이야말로 정말 좋지 않은가…) 등을 멀거니 바라보고
만 있어도 좋았다.

다만 욕심을 조금 부려 본다면, 정말 시늉만이라도 좋
으니, '새하얀 공허에 가까운, 이런 눈 속을 이렇게 헤치
고 나아가는 동안에, 갑자기 마부와 말 모두 길을 잃고
한동안 어디를 어떻게 돌아다니는지 모르다가, 알고 보
니 같은 곳을 한 바퀴 돈 듯 아까와 똑같은 장소에 나와
있는' 즉 그런 순수한 시간을 갑자기 갖는다면 얼마나 좋
으랴, 하며 이런 부질없는 일만 생기길 바라는, 담담한
기분이었다….

나는 눈을 감고, 장막 구멍으로 내다보려고 하면 얼마
든지 볼 수도 있는 그런 눈 덮인 세계를 오직 상상 속으
로 그리면서, 이렇게 내가 눈에 대해 그리 열렬하지 않다
고 해도 한때의 변덕이 아닌 오랫동안 사모하는 마음이
언제 어떻게 내면에 생겨났으리라 생각하다 보니, 갑자기
십 년 전 야쓰가다케산八ヶ岳 기슭에 있는 요양소에서 생
활하던 내 모습이 선명하게 되살아났다.

겨울이 되면 산기슭에 자리한 요양소 주변은 매일 그

저 생기 없이 우울하기만 한데, 산들은 언제나 눈구름으로 덮여 있고 또 그런 구름이 없을 때는 산들이 멋지게 새하얀 모습을 하고 있었다. 나는 그런 겨울날을 속수무책으로 지내면서 눈 덮인 산 쪽으로 가끔 애틋한 시선을 보내기도 했다. 그렇게 눈구름으로 완전히 덮여 버린 산 속을, 무슨 비장한 인간 내부라도 들여다 보고파 하듯이 조심스레 엿보고 싶어 하면서….

　나는 지금, 그때의 나로선 도저히 실현되지 않아 보이던 이런 눈 속에 들어왔다고 생각하면서도, 정작 달리 어떤 감개도 없다. 비장함 같은 건 전혀 안 느껴졌다. 추위도 별것 아니다. 오히려 눈 속은 포근하고 아무 소리도 없이 매우 평화롭다. 그래, 유쾌하다고 말하는 게 더 나을 정도다. 썰매 안에서 조그만 장막 구멍으로 하늘을 올려다보고 있으니 가느다란 무수한 눈발이 하염없이 아주 유쾌하게 빠른 속도로 떨어진다. 그렇게 아무 소리도 없이 하늘에서 떨어지는 조그만 눈을 가만히 넋을 놓고 쳐다보고 있자니, 유쾌하던 눈 속도는 점점 빨라져 결국엔 하늘 깊숙한 곳에서 뭔가 쏴 하는 미묘한 소리와 어우러져 눈들이 끊임없이 샘솟는 환각마저 일어나는 느낌이다.

커다란 항아리에 귀를 가져다 대면 항아리 바닥에서 쏴 하며 무수한 음향이 쉼 없이 솟아난다. 마치 그런 식으로 즐거워하고 또 즐거워해야 할 듯, 무수히 많은 조그만 눈들이 하늘 깊숙이서 희미하게 소리를 내며 그게 끊임없이 샘솟는 거 같다. 나는 줄곧 한 자리에 꼼짝 않고 서서, 끊임없이 떨어지는 눈을 쳐다보다가 그런 환각적인 기분마저 들었다. 그런데 갑자기 다시 언덕으로 접어들었는지 썰매가 덜거덩덜거덩 흔들려 나도 모르게 정신이 들고 말았다.

…눈처럼 유쾌하여라

커다란 항아리 안에 고이 갇혀 있다가

모든 노랫소리, 기쁨의 아르페지오로 변해

끊임없이 피어오르듯 흩어지네

그리고 또 이런 노아유 부인*의 시 한 구절만 왠지 자꾸 입 안에서 영원의 외마디처럼 맴돌았다….

---

* 노아유 부인Anna De Noailles(1876~1933): 프랑스 시인·소설가.

목련꽃

辛夷の花

'봄에는 나라奈良로 가서 만발한 마취목* 꽃을 구경하려 했는데, 도중에 기소지길**을 돌아오다가 생각지 않게 눈보라를 만났습니다….'

　나는 기소***에 있는 여관에서 받은 그림엽서에 이런 내용을 적으며 기차 창문으로, 세차게 눈이 퍼붓는 기소 골짜기에 내내 시선을 주고 있었다.

　봄철 중반치고 날씨가 꽤 사나운 듯하다. 줄기 짝이 없다. 게다가 차 안에는 우리 말고 기소에서부터 함께 탔

---

* 　마취목: 높이 1~4미터 정도 자라고 큰 것은 6미터까지 자라는 것도 있다. 꽃은 흰색으로 약간 붉은빛을 띤 것도 있다. 개화기는 4~5월이다. 원산지는 동부 아시아 및 북아메리카에 10종이 나고 일본에 4종이 난다.

** 　기소지길木曾路: 에도시대의 5대 가도 중 하나. 나카센도길中山道(교토京都에서 중부 지방의 산악부를 거쳐 에도江戸에 이르는 길)의 도리이토게고개鳥居峠 부근부터 마고메토게고개馬籠峠에 이르는 사이를 말함.

*** 　기소木曾: 나가노현長野縣의 남서부, 기소가와강木曾川(나가노현·기후현岐阜縣·아이치현愛知縣을 동쪽에서 남서로 흐름) 상류의 총칭.

던, 어디 온천에라도 가는지 상인으로 보이는 부부 일행, 그리고 또 두툼한 겨울 외투를 입은 남자 손님 한 명이 전부다. 그런데 아게마쓰上松 마을(기소군木曽郡)을 지날 무렵부터는 갑자기 눈의 기세가 누그러지더니 가끔 활짝 개어 엷은 햇살마저 차 안에 들어오는 느낌이었다. 어차피 이런 엄청난 추위는 이 근방만 지나면 끝날 거라고 참고 있는데, 모두 햇살이 그리운 듯 맞은편 좌석으로 자리를 옮겼다. 아내도 결국 읽고 있던 책만 들고 그쪽으로 옮겨 갔다. 나만 이쪽 창가에서 완강하게 버티고 있다. 가끔 생각난 듯 눈발이 산산이 흩어지는 기소 지역의 계곡과 강에 끊임없이 눈길을 보내면서….

아무래도 이번 여행은 애초부터 날씨 상태가 기묘하다. 안 좋다고 하면 그만이지만, 좋다고 생각하면 정말로 좋았다. 첫째, 어제 도쿄를 떠나올 때부터 제법 강한 폭풍우가 휘몰아쳤다. 하지만 아침나절에 이렇게 세게 퍼부으면 저녁때 기소에 도착하기 전에는 그치겠지 생각했는데, 정오를 얼마 앞두고 갑자기 잦아들더니, 아직 눈이 있는 가이甲斐(야마나시현山梨縣) 지역의 산들이 그런 빗속에 보이기 시작했을 때는 뭐라 말할 수 없이 상쾌했다. 그리고 시나노사카이信濃境로 접어들 즈음에는 마침 비가 완전히 그쳤고, 후지산富士山 주위 일대의 황량한 벌판도 비 내린 뒤라 그런지, 뭔가 싱싱하게 되살아난 빛깔마저 띠며 차창을 지나갔다. 머지않아 이번에는 저쪽으로, 기소 지역의 새하얀 산들이 뚜렷이 보이기 시작했다⋯.

그날 밤 기소후쿠시마木曾福島에 있는 숙소에서 묵고 새벽에 눈을 떠 보니, 난데없이 눈보라가 몰아쳤다.

"뭔가 쏟아지기 시작했어요⋯."

숙소에서 일하는 여종업원이 불을 옮기며 안타까운 듯 말했다. 그리고 또 이어 말했다.

"요즘, 정말 툭하면 이래서 큰일이에요."

하지만 눈은 전혀 신경 쓰이지 않았다. 그래서 오늘 아침에도 그렇게 눈보라 속을 헤치고 우리는 숙소를 떠나왔다⋯.

지금 우리를 태운 기차가 달리고 있는 이 기소 골짜기의 맞은편으로는, 완연한 봄처럼 환한 하늘이 펼쳐졌을지, 아니면 비 올 것처럼 찌뿌드드한 하늘일지 나는 가끔 그게 궁금하기라도 한 듯 창에 얼굴을 바싹 가져다 대고 계곡 위쪽을 쳐다보았다. 하지만 산들에 가로막힌 좁은 하늘 온통, 어딘가에서 난데없이 날아와 난무하는 무수한 눈보라 말고는 아무것도 보이지 않는다. 그런 눈보라 속을 아까부터 가끔 뚫고 나와 쨍하고 엷은 햇살을 비추기 시작한 거다. 그 모습만 봐서는 전혀 미덥지 못한 햇살이지만, 경우에 따라선 이 설국 밖으로 나가면 화창한 봄 하늘이 거기에 기다리고 있을 것도 같았다….

내 바로 옆자리에 있는 사람은 인근 주민으로 보이는 중년 부부 일행으로, 도매상 주인 같은 사내가 뭔가 소곤대면, 목에 흰 천을 두른 환자처럼 보이는 여자도 마찬가지로 작은 소리로 맞장구를 쳤다. 특별히 우리를 의식해 그런 식으로 이야기를 하는 것 같지도 않다. 그들은 전혀 우리 쪽을 신경 쓰지 않는다. 그런데 정말 신경 쓰이는 건 가장 맞은편 자리에 자세를 이리저리 바꿔 가며 누워 있던 겨울 외투 차림의 사내가, 가끔 생각난 듯 자리에서 일어나 바닥에 발을 한참 구르는 버릇이 있다는 거였다. 발 구르는 버릇이 시작되면, 바로 옆자리에서 그 방향으로 앉아 외투로 다리를 감싸며 책을 읽고 있던 아내가 내 쪽을 돌아보고는 얼굴을 살짝 찡그려 보였다.

그런 식으로 작은 역 서너 개를 지나는 동안 나는 여

전히 혼자, 기소가와강을 따라서 달리는 창가를 떠나지 않고, 눈이 점점 그렇게 보일 듯 말 듯 조금씩 날리는 모습을 아쉬워하며 바라보고 있었다.

'이제 기소지길과도 이별이다. 변덕스러운 눈이여! 길손 떠난 뒤에도 기소의 산들에 조금 더 내려라. 잠시라도 좋으니, 길손이 너희 눈 내리는 모습을 어딘가 평원 한옆에서 뒤돌아 차분히 감상할 수 있을 때까지…'

내가 이런 생각에 잠겨 있을 때였다. 어쩌다 나는 옆자리의 부부 일행이 나누는 나지막한 대화 소리를 언뜻 들었다.

"방금 저쪽 산에 하얀 꽃이 피어 있었어. 무슨 꽃이더라?"

"그건 목련꽃이지."

나는 이 말을 듣자, 얼른 뒤돌아 상체를 앞으로 쑥 내밀며 그쪽 산마루에서 하얀 목련꽃을 찾아보려 했다. 방금 부부가 보았던 그 꽃이 꼭 아니더라도 근처 산에는 목련꽃 핀 다른 나무들이 보이리라 생각했었다. 그런데 그때까지 혼자 멍하니 창문에 기대 있던 내가 갑자기 그렇게 두리번두리번 주변을 살피니, 옆에 있던 부부도 무슨

눈 위의 발자국

일인가 의아해하는 표정으로 내 쪽을 쳐다보았다. 나는 너무 겸연쩍어 그 일로 자리에서 일어나, 마침 나와는 비스듬히 마주한 건너편 좌석에서 여전히 책을 열심히 보고 있는 아내 쪽으로 걸어가며 말했다.

"모처럼 여행을 왔는데 책만 보는 사람이 어딨어. 가끔은 산의 경치라도 구경하구려…"

그러면서 마주 보고 앉아, 그쪽 창밖으로 말끄러미 시선을 집중시켰다.

"하지만 나 같은 사람은 여행지라야 책도 마음 편히 볼 수가 있는걸요."

아내는 자못 불만스러운 표정으로 내 쪽을 쳐다보았다.

"음, 그런가."

솔직히 말해 나는 아내의 그런 대꾸에는 어떤 불평도 늘어놓을 생각이 없었다. 다만 아주 잠깐이라도 좋으니 그런 아내의 주의를 창밖으로 돌려, 근처 산마루에서 새하얀 꽃들이 무리 지어 피어 있는 목련 나무 한두 그루를 찾아내 여행의 정취를 함께 맛보고 싶었다.

그래서 나는 아내의 그런 대답에는 전혀 개의치 않고 그냥 조금 소리를 낮추어 말했다.

"저쪽 산에 목련꽃이 피어 있대. 구경 좀 해 보고 싶소."

"어머, 그걸 못 봤어요?"

아내는 너무 기뻐 어쩔 줄 모르겠다는 듯 내 얼굴을 쳐다보았다.

"그렇게 많이 피어 있었는데…."

"거짓말 좀 하지 마."

이번에는 내가 자못 못마땅한 표정을 지었다.

"나는 아무리 책을 보고 있어도, 지금 어떤 풍경이고, 어떤 꽃이 피었는지 정도는 잘 알고 있거든요…."

"뭐, 어쩌다 우연히 본 거겠지. 나는 기소가와강만 쭉 보고 있었어. 강 쪽으로는…."

"봐요, 저기에 하나."

아내가 갑자기 나를 가로막고 산을 가리켰다.

"어디에?"

나는 아내가 말해 준 곳을 쳐다보았다. 하지만 거기에서는 고작 희끄무레한 뭔가를 얼핏 보았을 뿐이다.

"방금 봤던 게 목련꽃일까?"

나는 넋이 나간 듯 말했다.

눈 위의 발자국

"못 말리는 분이네."

아내는 아주 득의양양해 보였다.

"좋아요. 다시 한번 금방 찾아 줄게요."

하지만 꽃이 핀 나무들은 더 이상 눈에 띄지 않았다. 우리가 그렇게 창문에 얼굴을 함께 맞대고 내다보고 있자 눈앞에 펼쳐진, 봄이 온 지 얼마 안 되어 아직도 잔뜩 메말라 있는 산을 배경으로 해서, 여전히 어디선가 날아 흩어지는 물방울처럼 눈들이 조금씩 흩날리는 모습이 보였다.

나는 이내 단념하고, 한동안 가만히 시선을 맞추었다. 결국 직접 보지 못한, 설국의 봄에 가장 먼저 피어난다는 목련꽃이 지금 어딘가의 산마루에 선명하게 서 있는 모습을 그저 마음속으로 떠올려보았다. 그 새하얀 꽃들에서는 이제 막 눈이 녹으며 꽃방울처럼 똑똑 떨어지고 있을 게 틀림없었다….

조
루
리
사
의
봄

浄瑠璃寺の春

올봄, 나는 전부터 동경하던 마취목꽃을 야마토지거리大和路의 곳곳에서 볼 수 있었다.

그중에서도 가장 인상 깊었던 것은 나라奈良에 도착한 바로 다음 날 아침, 도중의 산길에 피어 있던 민들레나 냉이꽃에 절로 눈길이 가면서 아무 생각 없이 반가운 나그네 기분으로, 두 시간 남짓을 돌아다니다가 겨우 도착한 조루리사*의 조그만 문 옆에서, 마침 흐드러지게 피어 있는 마취목 한 그루를 우연히 발견했을 때였다.

처음에 우리는 아무 꾸밈도 없는 조그만 문이 사찰 문이라는 걸 알아채지 못해 하마터면 그곳을 그냥 지나칠 뻔했다. 그러다 문 안쪽의 복숭아꽃이 만발한 나무 위쪽으로 갑자기 깜짝 놀랄 만한 것, 즉 그 주위를 날아다니

---

* 조루리사浄瑠璃寺: 교토부京都府 기즈가와시木津川市 가모정加茂町 니시오후타바西小札場에 있는 진언율종真言律宗 사찰.

눈 위의 발자국

다가 떠난 세상에 둘도 없는 아름다운 빛깔을 지닌 새의
날개 같은 물체가 눈에 띄어 "어허!" 감탄하며 그곳에서
발길을 멈추었다. 그게 바로 조루리사의 불탑 위를 장식
한 녹슨 구륜이었다.

모든 게 뜻밖이었다. 조금 전 언덕 아래의 외딴집 근처
에서 야채를 씻고 있던 한 여인에게 물어보자,

"구타이사*라면 저 언덕을 내려가 이백 미터쯤 더 가야
해요."

하고 자못 똑 부러지게 일러 주었다. 그 집에 사찰 위
치를 물어보는 여행객이 적지 않아 보였다. 꽤 길고 가파
른 언덕길을 숨을 헐떡이며 올라간 우리는 이제 조금만
더 가면 되겠지 생각하고, 눈앞에 갑자기 나타난 작은 마
을과 푸성귀 밭을 무심히 지나치며 마음을 재촉했다. 여
기저기에 복숭아꽃이며 벚꽃들이 피었고 유채꽃이 온통
만발한 데다 맞은편 초가지붕 아래에서는 칠면조 울음소
리마저 한가롭게 들려―설마 이런 전원 풍경의 한복판에
유명한 옛 사찰이―우리가 그 이름에 걸맞은 고풍스러운

---

*　구타이사九體寺: 조루리사의 별칭.

자태를 그리워하며 멀리서 산길을 힘들여 찾아온 바로 그 절이 있으리라고는 생각지 못했다….

"뭐야, 여기가 조루리사 같은데."

나는 갑자기 걸음을 멈추고 들뜬 목소리로 말했다.

"봐, 저기에 탑이 보여."

"아, 정말…."

아내도 조금 뜻밖이라는 표정이었다.

"왠지 전혀 사찰 같지가 않네요."

"음."

나는 이렇게 대답도 하는 둥 마는 둥 하고 복숭아나무와 벚나무 또 소나무들 사이를, 그 끝에 보이는 자그만 문 쪽을 향해 나아갔다. 어딘가에서 또 칠면조가 울고 있었다.

돌계단 두세 개를 올라가 자그만 문 안으로 막 들어서면서, 문 옆에서 마침 대문 높이만큼 자란 떨기나무 한 그루가 온통 조그만 흰 꽃들을 송이송이 늘어뜨리고 있는 모습을 발견했다.

"어, 이런 곳에 마취목이 피어 있어."

이렇게 말하며 나는 뒤따라오는 아내 쪽을 향해 자신

눈 위의 발자국

있게 손으로 꽃을 가리켜 보였다.

"봐, 이게 당신이 가장 좋아하는 마취목꽃?"

아내 또한 떨기나무 옆으로 다가오며 조그만 흰 꽃을 유심히 살폈지만, 나중에는 아무렇지 않은 듯 그 수북하게 늘어진 뭉치 하나를 손바닥 위에 얹어 보기도 했다.

어딘가 범접하기 힘든 기품이 있고, 그래서 어떻게든 그걸 꺾어 다른 사람한테도 좀 구경시켜 주고 싶은 아름다운 운치를 지닌 꽃이다. 말하자면 마취목꽃의 그런 점이, 꽃이라는 게 지금보다 훨씬 더 의미 깊던 『만엽집』*속 인물들에게, 단순히 예쁘기만 했다면 다른 꽃들도 있겠지만 그 어떤 꽃보다 더 사랑받았다. 그런 꽃을 내 옆에서 아까부터 너무 무심하게 아내가 만지작거리기에 나는 문득 생각했다.

"뭐, 언제까지 그러고 있을 거야."

나는 결국 이렇게 말하며 아내를 재촉했다. 그리고 또 말했다.

"이봐, 여기에도 좋은 연못이 있으니 와 구경해."

---

* 『만엽집万葉集』: 일본에서 가장 오래된 시가집.

"어머, 꽤 오래되어 보이는 연못이네요."

아내는 곧바로 뒤따라왔다.

"저건 전부 수련인가요?"

"그런 거 같군."

이렇게 적당히 대답하면서 나는 연못 맞은편에 보이는 아미타당*을 유심히 바라보았다.

아미타당으로 우리를 안내해 준 이는 사찰 승려가 아닌 그의 딸자식인 듯 열예닐곱 살 된 재킷 차림의 소녀였다.

어둑어둑한 불당 안에 쭉 늘어서 있는 금색의 불상 아홉 구를 한차례 둘러보고 나자, 이번은 불상 하나하나를 꼼꼼히 살펴보는 나를 거기에 남겨 두고 아내는 사찰 아가씨와 함께 불당 밖으로 나가, 볕 잘 드는 툇마루 끝에서 뒤뜰 쪽을 바라보며 이런 대화를 나누고 있었다.

"꽤 큰 감나무네요."

아내의 목소리가 들렸다.

"진짜 큰 감나무죠."

소녀의 대답은 자못 득의양양했다.

---

*   아미타당阿彌陀堂: 아미타불을 본존本尊으로 모신 집.

"몇 그루지? 하나, 둘, 셋…."

"전부 일곱 그루예요. 일곱 그루지만 많이 열리죠. 구타이사 감이라 하면, 그걸 구경하려고 사람들이 많이 하이킹해서 찾아오거든요. 나 혼자 따러 올라가야 하는데, 그때 바쁜 일이 있으면 당신은…."

"그래요? 그때 감을 먹으러 오고 싶네요."

"정말 가을에 또 오세요. 요즘이 가장 한가해요. 아무 일도 없어서…."

"그래도 갖가지 꽃들이 피어 있고. 예뻐요…."

"그렇긴 해요. 지금이 한창 예쁘죠. 그런데 저 붓꽃이 필 무렵도 좋아 기다려지고. 그러고 나서 또 여름이면 저기 있는 수련이 정말 예쁜 꽃을 피울 테고…."

이렇게 말하다가 갑자기 소녀는 뭔가 생각난 듯 혼잣말을 했다.

"아, 맞다. 파를 캐러 가야 했는데."

"그래요? 정말 미안하게 됐군요. 어서 가 봐요."

"뭐, 나중에 해도 상관없어요."

그 뒤로 두 사람은 갑자기 입을 다물어 버렸다.

나는 그렇게 둘이 나누는 대화를 언뜻 귓결에 들으며

불상 아홉 구를 전부 둘러본 후 불당 밖으로 나와, 그곳 뒷마루 앞에서 연못을 함께 바라보고 있는 두 사람 쪽으로 다가갔다.

나는 본당 문을 잠그러 간 소녀 대신 아내 곁에 그냥 그렇게 서 있었다.

"이제, 다 봤어요?"

"으응."

이렇게 말하며 나는 잠시 멍하니 불상 관람에 지친 눈을 연못 쪽으로 돌렸다.

소녀가 불당 문을 다 잠그고 큰 열쇠를 손에 들고 돌아왔기에,

"정말 고마워요."

하고, 이제 소녀를 보내 주자고 아내에게 눈짓을 보냈다.

"아, 이 탑을 구경하실 거면 안내해 드릴게요."

소녀는 연못 건너편의 소나무 숲속에 아주 산뜻하게 서 있는 삼층탑으로 우리를 재촉했다.

"그래, 구경하는 김에 안내해 달라고 할까." 나는 대답했다. "그래도 볼일이 있으면, 먼저 그 일을 보고 오지 그래요?"

"나중에 해도 상관없어요."

소녀는 이제 그 일은 아무렇지 않은 듯 태연했다.

그래서 내가 앞장서서, 물가에 창포가 다소 무성하게 나 있는 오래된 연못가를 따라 탑 쪽으로 걸어갔다. 그러는 동안에도 끝없이 소녀는 아내한테 근처 산속에서 채취한 죽순이며 송이 이야기를 시시콜콜 다 들려주는 듯했다.

나는 그런 그녀들과 조금 떨어져 걷고 있었다. '참으로 수다스러운 녀석이군.' 생각하며, 그나저나 어떤 평화로운 분위기가 이 조그만 폐사廢寺를 감싸고 있을까 궁금해 새삼스레 주위의 풍경을 둘러보기도 했다.

옆에서 꽃을 피우고 있는 마취목보다도 나지막한 문, 누가 가져다 놓았는지 불상들 앞에 바친 동백꽃, 불당 뒤뜰에 있는 큰 감나무 일곱 그루, 가을이면 그 감을 구경하러 하이킹해 찾아오는 사람들에게 팔 일을 자못 즐거워하는 사찰 아가씨, 어디선가 가끔 울음소리가 들리는 칠면조…. 주변에 있는 그런 모든 것들이, 이를테면 예전에는 사찰이었던 그 대부분이 이미 폐멸하고 겨우 남은 두세 개의 오래된 불당을 둘러싸며(그보다는 그런 고대 기념

물조차 생활 속 한 조각처럼 자연스레 받아들이며) 이곳에서 마치 평화롭고, 마치 산간의 봄 같으면서 또 어딘가 조금 비창한 회고적 분위기를 풍기고 있다.

자연을 초월하려는 인간의 의지로 이룬 모든 것들이 오랜 세월 동안 거의 폐망으로 돌아가고, 이제 얼마 남지 않은 것들마저 본래의 자연 속에, 즉 그 자체의 일부에 불과한 듯 융화되어 버리고 만다. 또 이때 그 두 개가 하나가 되어 이를테면 제2의 자연이 발생한다. 그런 점에 모든 폐허의 말할 수 없는 매력이 있지 않은가? 이런 비극적인 생각조차—이건 아마 게오르그 짐멜*의 생각일 거다—지금의 나로서는 왠지 모르게 유쾌하고 온화한 느낌으로 동의하게 된다….

나는 이런 생각에 잠기며 걷고 또 걸어 혼자 먼저 돌계단을 올라갔다. 자그만 삼층탑 아래에 이르러 그곳의 소나무 숲속에서 연못을 가로질러, 조금 전에 구경했던 아미타당 쪽을 멍하니 바라보고 있었다.

"정말이에요, 흔한 일이거든요. 우리는 생선 먹을 일이

---

* 게오르그 짐멜Georg Simmel(1858~1918): 독일의 철학자·사회학자.

전혀 없다니까요. 고사리 같은 나물만 실컷 먹죠⋯. 죽순은 좋아하세요? 그래요? 이 주변의 죽순들이야, 정말 좋죠. 그건 연하고, 많이 나고⋯."

이런 말들을 또 사찰 아가씨가 아내를 상대로 계속하는 소리가 아래쪽에서 들려왔다. 그녀들은 그렇게 돌계단 아래에 서서 이야기하느라, 아무리 시간이 지나도 이쪽으로 올라오려 하지 않았다.

두 사람의 머리 위로는 무심하게 봄 햇살이 가득 비치고 있었다. 나만 혼자 탑의 그늘 속에 들어가 있어 조금 추웠다. 아무래도 둘 다 기분 좋게 이야기에 푹 빠져서 나라는 존재는 까맣게 잊어버린 듯했다. 그런데 이렇게 황폐한 탑과 더불어, 아까부터 얼마간 명상적으로 자꾸만 변하는 나 역시 세상의 모든 것들로부터 잠깐 잊히고 있다. 이 또한 나름대로 기분 좋지 않은가. 아! 또 어딘가에서 칠면조 녀석이 울고 있구나. 왠지 나는 이대로 정신이 좀 아득해지는 것만 같다⋯.

❖

　그날 저녁때의 일이다. 그날 조루리사에서 나라자카언
덕奈良坂을 넘어 돌아온 우리는 그대로 도다이사* 뒤편으
로 나가 삼월당(三月堂을 방문한 뒤, 금방이라도 쓰러질 듯 지친 다
리를 이끌고 '그래도 모처럼 여기까지 왔으니' 하면서 가스가春日 마을
숲속을 마취목꽃이 피어 있는 쪽으로 걸어가 보았다.

　저녁에 기온이 내려가 눅눅해진 숲속에는 마취목꽃 향
기가 은은하게 감돌았고, 갑자기 그 향기를 맡으니 왠지
온몸이 굳어지는 느낌이었다. 하지만 이미 완전 녹초가
되어 버린 우리는 향기에도 점점 자극을 못 느끼게 되었
다. 그래서 이런 저녁때 그 흰 꽃 핀 사이를 그냥 이러고
걸어 보는 걸 이번 여행의 즐거움으로 삼고 찾아왔다는
일조차, 이제 전혀 생각지 못할 만큼 적어도 내 마음은
지친 몸과 더불어 멍해지고 말았다.

　갑자기 아내가 말했다.

　"왠지 여기 마취목과 조루리사에 있던 마취목이 좀 다

　　　　　　　　　　　　　　　　　눈 위의 발자국

른 거 같지 않아요? 여기 꽃들은 이렇게 새하얗지만, 거기 있던 꽃들은 꽃송이가 더 크고 살짝 붉은 기를 띠고 있었잖아요…"

"그런가. 내 눈에는 똑같게만 보이는데…"

조금 귀찮은 듯 나는 아내가 손으로 더듬고 있는 나뭇가지에 시선을 주었다. 그런데,

"그러고 보니, 좀…"

이렇게 말하며 나는 그때 문득, 몹시 지쳐 모든 것들이 묘하게 흐릿해진 마음속에, 오늘 낮 조루리사의 작은 문 옆에서 잠깐 아내와 둘이 그 조그만 흰 꽃을 맞잡고 구경하던 우리의 여행하는 모습을, 왠지 그게 훨씬 오래전에 있었던 우리 일이기라도 한 듯 묘한 그리움으로 선명하게 되살려 보았다.

두견새

ほととぎす

이내 생각이 두견새에게 통하여서

더욱 깊은 사색적 울음소리 되리니

— 『가게로 일기』[*]

1

"옛날, 영주님이 다니시던 미나모토源의 재상宰相 아무
개라는 분의 후궁 배 속에 어여쁜 딸아이가 있다고 합니
다. 그 아이를 맡는 건 어떠하신지요? 아무래도 지금은
두 분 모두 오빠인 선사禪師의 신세를 지며 시가[**]의 산기
슭에서 매우 불안하게 지내고 계시다 하옵던데⋯."

마침 또다시 찾아온 어느 봄날 그 일이 불현듯 생각난

---

[*] 『가게로 일기蜻蛉日記』: 974년 후지와라 미치쓰나藤原道綱의 어머니가 쓴 일본 여성
    최초의 일기.

[**] 시가志賀: 예전에는 시가현滋賀縣에 있던 마을이나 현재는 오쓰시大津市에 편입됨.

듯 나이 든 한 궁녀가 내 앞에서 말을 꺼냈다.

"그래, 그러고 보니, 그런 분 얘기를 듣긴 했었네…."

이렇게 말하며 나는 이전에 남편에게 그런 여인이 있었다는 사실이, 어느새 기억에서 거의 희미해져 가던 참에 아무 생각 없이 떠올랐다.

말하자면, 고故 요제이인* 후손이라는 그 재상이 돌아가시고 나중에 겨우 딸아이만 하나 남았을 때, 그런 얘기를 듣고 그냥 지나치지 못하는 어진 성품이라 남편은 그분을 여러모로 돌봐 준 듯한데—한번은 내 쪽에서 기장이 어느 정도 되는 홑옷을 그분이 계신 곳으로 가져다주게 한 일도 있다…—그러다가 불우한 그분은 본의 아니게, 가끔 남편을 다니게 한 모양이었다.

옛 기질이 있는 사람에 남편보다 나이도 조금 연상이라 그때까지 꽤 망설였던 듯한데, 역시나 여러 가지로 장래가 불안하게 느껴진 적도 있겠고, 또 오죽하면 그리 미덥지 못한 남편을 의지할 수밖에 없었을까, 하고 생각하니 오히려 가여울 정도였다. 그런데 남편과의 사이는 어쩌

---

* 요제이인陽成院(869~949): 일본 57대 천황.

면 그분이 생각한 것보다 훨씬 더 과감했을 게 틀림없다.

이후 일 년도 채 안 되어 그분이 여자아이를 낳았다는 소식을 듣고, 어느 날 내가 그 얘기를 넌지시 남편에게 물었다.

"정말 그런 일이 있었을지도 모르겠군."

이렇게 남편은 아주 냉담하게 말했을 뿐이다. 내 앞이라 일부러 그리 모르는 척한 것만도 아닌 듯했다. 그리고 또 "어때, 한번 자네가 그 아이를 맡아 키워 보지 않겠나?" 이러면서, 늘 아이가 적은 걸 한탄하던 내게 오히려 도전하듯 건네던 말을 내가 속으로 뜨끔해하며 들었던 일까지 이제야 불쑥 떠오른다. 하지만 예전의 나는 그저 나 자신의 불행한 일만으로도 너무 벅차, 나 말고 그렇게 가엾은 분이 또 있었다 해도 그냥 모른 체할 수 있다면 그러고 싶을 정도였다….

그렇게 독불장군이던 나였는데 요즘 들어 몸과 마음 모두 약해지기라도 했는지, 가끔 꾸는 꿈까지 이상하게 신경 쓰일 만큼, 장래 같은 것도 여러모로 불안하고, 내가 죽은 뒤에 미치쓰나道綱가 의지할 사람 하나 없이 홀로 남겨질 걸 생각하니 걱정이 되어 견딜 수가 없었다.

몇 년간 이 양반 죽음을 추모해 줄 여식 하나라도 보내 달라고 계속 기도하다가 점차 그런 희망마저 없어질 즈음이 되자, 어차피 이렇게 된 바에는 어디 천하지 않은 이가 낳은 여식이라도 맡아 기르는 수밖에 없겠다며, 누구에게라고 할 것도 없이 나는 그런 말을 했었다….

남편에게는 이미 잊혔을지 모를 그 불우한 소녀를 내가 맡아도 좋겠다는 식으로 말하자, 내게 그 말을 했던 궁녀는 곧바로 인편을 구해 물어봐 주었고, 그늘에서 피어난 꽃처럼 아무도 모르게 자란 소녀는 이제 열두세 살이 되었다고 했다. 그렇게 애처로운 아이만을 상대로 그 불운한 부인은 시가의 동쪽 기슭에, 바다가 앞에 내다보이고 시가의 산을 뒤로한 한적한 마을에서 말할 수 없이 마음을 졸이며 지내고 있었다는 것이다. 두 사람의 신상을 소상히 알면 알수록 남의 일 같지 않게 딱했고, 또 그렇게 지내다간 틀림없이 그분도 평생 한이 되겠다 싶은 생각이 들었다.

그 사람의 이복 오빠라는 선사는 현재 교토에 살고 있었다. 그 말을 꺼냈던 궁녀는 선사와 사이가 친했다. 그래서 곧장 선사에게 말해 주러 갔는데,

"그거 다행입니다. 당장 시가 마을로 가서 얘기하고 오겠습니다. 아무래도 세상이 너무 덧없어 언젠가 비구니라도 시킬까 생각해 그쪽으로 보냈으니까…."

하고 흔쾌히 대답했다. 그러고 나서 이삼일 뒤에 선사는 시가 산을 넘어 찾아가 주었다. 아주 뜸하게 찾아오던 이복 오빠가 그렇게 갑자기 찾아오니, 세상을 쓸쓸하게 보내던 여인은 무슨 일인가 의아해하였다. 그런데 그 얘기를 꺼내자 처음엔 가만히 들으며 아무 말도 하지 않고 그저 울다가 겨우 입을 떼고 이렇게 답변했다.

"나는 이제 이 길밖에 없는 신세라 여기며 내 일이야 일찌감치 체념했지만, 그저 같이 있는 이 딸아이가 이대로는 너무 가엾어 뭔가 방법이 없을까 생각 중이었습니다. 뭐, 그리 말씀해 주시는 부인이 있다면 부디 오빠가 좋게 잘 말해 주세요…."

이렇게 그자가 답했다는 얘기를, 다음 날 교토로 돌아온 선사로부터 듣고 궁녀는 나를 찾아와 일부 자초지종을 거듭 되풀이하고, 이렇게 말했다.

"정말 잘됐습니다. 그런 전세의 인연이 있었던 게죠. 하지만 무엇보다 음, 그 가엾은 분한테 당신이 서간을 빨리 드려야…"

나 역시 일단 그럴 생각이었기에 그날 저녁, 시가에 있는 부인에게 첫 소식을 편지로 써 보냈다.

'익히 당신에 대해 들어서 알고는 있었으나 이제까지 편지도 한 번 못 드렸습니다. 갑자기 이렇게 저 같은 사람한테 이런 무례한 말씀을 듣게 되어 참으로 당황스럽기도 하겠지만, 선사님이 제가 평소 불안한 삶에 시름한다는 걸 그대에게 잘 전하시어, 저의 제안을 흔쾌히 받아주셨다니 정말 진심으로 기뻤습니다. 사양하지 않으실까 하는 마음에 꽤 망설이기도 했지만, 여러모로 그쪽 상황을 수소문해 보았고, 혹시나 가여운 자제분을 시집이라도 보내는 건 아닌지 걱정하던 터입니다…'

이렇게 정성을 들이자 알아준 거였다.

답장은 다음 날에 왔다. 장문의 편지였다. 수양딸로 삼는 건에 대해선 '기꺼이' 받아들인다는 식으로 너무나도 기분 좋게 답변해 줬지만, 편지 내용에는 이전에 남편과 언약한 일상적 일들까지 생각해 내 세세하게 적혀 있었다. 내가 생각하는 상상 이상으로 불운하고 딱한 처지에 가슴을 찡하게 하는 일들이 대부분이었다.

'어느새 눈앞에 안개가 잔뜩 낀 듯 붓을 둘 곳조차 모르겠고, 몹시 보기 흉한 글씨가 된 것 같사온데…'

하고 마지막을 끝맺는 부분도 자못 그분다운 진실함이 느껴졌다.

이후에도 두 번쯤 그분과는 장문의 편지를 주고받아 마침내 그 소녀를 나의 양녀로 삼게 되면서, 다시 선사가 그곳으로 나가 소녀를 시가 마을에서 어쨌든 교토로 데려왔다.

그 얘기를 듣자, 딸을 그렇게 교토로 떠나보내고 더 쓸쓸해졌을 그분 심정은 글쎄 어떨까, 하고 이후 내내 생각했었다.

'그나저나 그리 심약한 분을 이렇게 결심하게 만든 사람도, 어쩌면 남편이 그 여인을 보살펴 줄 일이기도 하지 않냐며 생각해서 떠맡겼기 때문인지도 모르지. 그러고 보니 오시면 내 처소에 들렀는데 남편은 요즘 이곳에도 별로 안 보이고…'

이렇게 언제든 남편과의 관계를 끊으려 해도 못 끊고 어중간하게 지내고 있는 결단력 없는 나 자신을 반성하게 되고, 한편 자기도 모르게 맡겨진 그 소녀 역시 안쓰

럽다는 생각이 들었다. 하지만 그래도 이제 어쩔 수 없다, 일단 이렇게 부부 연을 맺은 이상은 이미 돌이킬 수 없다고 생각한 거다.

이번 십구 일이 날이 좋다기에 미치쓰나에게 소녀를 맞게 했다. 되도록 남들 눈에 띄지 않게 그냥 삿자리로 지붕을 인 우차牛車를 준비시키고, 말 탄 사내 넷과 하인 몇 명만 동반시켰다. 이윽고 미치쓰나는 자신의 마차 뒤에 이번 중간역을 맡은 궁녀를 태우고 나가게 되었다.

마침 모두가 나가려던 참에, 웬일로 남편이 보낸 편지가 있었다. 왠지 이쪽으로 올 낌새도 보여, 오늘 남편에게 갑자기 그 양녀를 들키면 별도리가 없으니 당분간은 모르게 하고, 되어 가는 형편에 맡기는 게 낫겠다고 생각해 가능한 한 서둘러 일행을 돌려보내라고 모두에게 일러두었다.

하지만 그렇게 서두르게 한 보람도 없이, 그보다 남편이 한발 먼저 오고 말았다. 뭐 어떻게 해야 할지 갈피를 못 잡는 사이 이윽고 모두 돌아온 듯했다. 남편은 조금 의아해했는데 미치쓰나가 사냥복 차림으로 들어오는 걸 알고 물었다.

"그대는 어딜 다녀왔는가?"

미치쓰나는 자못 난처해하는 모습으로 괴로운 듯 둘러댔다. 나는 옆에서 차마 그 상황을 보다 못해, 어쨌든 한번은 남편에게도 털어놓을 일이라고 생각하고,

"사실 저희 친척이 많지 않아 너무 적적하여, 어떤 분에게 버림받은 아이를 데려왔습니다."

하고, 말속에 약간 야유를 담아 이야기했다.

"그렇다면 한번 보고 싶구려."

남편은 그런데 매우 기분이 좋은 듯 말했다. 그러고는 갑자기 내 얼굴을 응시하며 작은 목소리로 물었다.

"대체 누구의 자식이란 말이오?"

그런데 내가 여전히 웃는 둥 마는 둥 한 눈초리로 있다는 걸 그제야 눈치챘는지 갑자기 남편도 눈을 번뜩이며 말했다.

"그런데 설마 이제 내가 나이 들었다고, 대신 젊은 자를 손에 넣고 나 같은 자를 내쫓겠다는 말은 아니잖소?"

"보여 드려도 상관없사오나…"

나 또한 그 말에 그만 넘어가 미소를 지으면서,

"…그래도, 자식으로 삼아 주시렵니까?"

"좋고말고. 그 수밖에 없잖소…. 그나저나 어떤 녀석인지 어서 보여 주구려."

남편은 자못 호기심을 참기 힘든 듯 재촉하였다. 나 역시 아직 한 번도 보지 못한 그 소녀가 너무나 보고 싶어, 곧장 이곳으로 불러오게 보냈다.

소녀는 열두세 살이라고 들었는데, 나이에 비해서는 생각보다 작고 아직 너무 어린아이였다. 가까이 불러서 말했다.

"일어나 보렴."

그러자 순순히 곧바로 일어나 보였다. 백오십 센티미터쯤 되는 키에 무척 자태가 좋은 아이로, 얼굴도 참으로 예뻤다. 다만 머리는 어릴 때부터 겪은 고생이 거기에 역력히 드러나기라도 하듯 제법 빠지고 앞쪽은 잘린 듯했고, 옷 길이는 십이 센티미터 정도나 작았다.

그렇게 어린 소녀를 남편은 뚫어지게 살펴보다가,

"사랑스러운 아이잖은가. 대체 누구의 자식이오?"

하며 다시금 내 얼굴을 뚫어지게 쳐다보았다.

"정말 사랑스럽다고 생각하는지요?" 나는 이렇게 말하며 "그럼 밝혀도 좋겠군요…." 하며 살며시 미소를 지었다.

남편은 마침내 참기 힘든 듯 말했다.

"어서 알려 주게."

"원, 말이 많으시네." 나는 갑자기 쌀쌀맞게 말했다. "아직도 모르겠어요? 당신 자식이잖습니까?"

"뭐, 내 아이라고?"

남편은 옆에서 보고 있기도 딱할 정도로 무척 당황스러워했다.

"그게 무슨 말인가, 어디서 말이오?"

나는 하지만 여전히 싸늘하게 웃고 있었다.

"언젠가 자네한테 맡아 주지 않겠냐고 물었던 그 아이인가?"

남편은 그걸 거의 본인 자신한테 물어보듯 말했다.

"글쎄요, 그 자제분일지도 모르겠사옵니다만…."

남편은 그렇게 말하는 내게는 개의치 않고 더 유심히 소녀를 여겨보았다.

"과연 그 아이로군…. 그런데 그놈이 요렇게 많이 컸으리라고는 꿈에도 생각지 못했소. 지금쯤 어디서 초라하게 지내고 있을까, 하고 가끔가다가 문득 신경이 쓰이기 시작하면 어느새 애가 탈 지경이었소만…."

눈 위의 발자국

이렇게 말하는 목소리는 점점 떨리기 시작했다.

소녀는 그 자리에서 고개를 숙이고 울고 있었다. 이를 지켜보던 주위 사람들도, 그렇게 소설 속에나 나올 법한 극적인 해후에 눈물을 흘리지 않는 자가 없었다. 그중에 나만 유독 눈물이 말라 버린 듯했고, 또 그런 자기 자신을 그저 비웃을 수밖에 없었다.

남편이 몇 번이나 홑옷 소매를 꺼내 눈가를 훔치는 모습을 나는 신기한 구경거리라도 보듯 그대로 지켜보았고, 그러다 가까스로 말을 꺼냈다.

"이제 지나는 길에도 들르지 않는 제 처소에 이렇게 사랑스러운 아이가 왔는데 앞으로 어쩌시럽니까?"

남편은 잠깐 아무 대답도 못 했다. 하지만 겨우 고개를 들었을 때는 이미 여느 때처럼 나에게 도전하듯 눈을 번뜩이고 있었다. 그리고 남편은 말했다.

"언제 그걸 내 있는 곳으로 데려가리다…. 있잖아, 작은 거."

말하며 소녀 쪽을 돌아보았다. 소녀는 어찌할 바를 몰라 너무 당혹스러워하는 듯하면서도 얼굴만은 우아하게 미소를 지어 보였다….

이튿날 아침, 남편은 소녀를 또 불러들여 머리를 연신 쓰다듬었다. 그리고 다시 돌아갈 즈음이면, "자아, 이제부터 내 처소로 함께 가자꾸나. 지금 여기로 마차를 불렀으니, 오거든 얼른 타거라." 하며 그렇게 어린아이한테마저 놀림을 당하고 있었다. 소녀는 그저 난처한 듯 소매를 얼굴로 가져갔다. 남편은 그런 소녀의 사랑스러운 모습을 아쉬운 듯 연신 돌아보며 갔다.

그 뒤로는 서간을 보낼 때마다 마지막에 '나데시코撫子는 어떻게 지내고 있소?'라는 글귀를 꼭 덧붙였다.

'산속 오두막 울타리 황폐하거늘'.

같은 옛 노래를 떠올렸는지, 나데시코라는 가련한 이름을 어느새 붙인 것도 참으로 얄미울 만큼 깊은 배려다. 공교롭게도 그 뒤로 남편이 계속 나를 피해서, 나 역시 덩달아 피해 거의 문을 닫아 두어 안에 들어오려 해도 못 들어오고 그렇게 서간을 매일같이 문 아래로 넣고 갔는데, 그 일만으로도 어쨌든 더 많이 변심한 것처럼 보인다.

그러고 나서 열흘쯤 지난 어느 날 오후 한두 시 즈음이었다.

"영주님이 오십니다."

이러고 소란을 피우며 느닷없이 중문을 열어젖히는 바람에, 마차가 그대로 안으로 들어왔다.

마차 옆으로 남녀 몇이 다가가서 채를 잡으며 발을 걸어 올리자 안에서 남편이 내려, 느닷없이 말했다.

"예쁘구나."

남편은 지금 한창 만발한 홍매화를 계속 쳐다보면서 그 아래를 천천히 걸었다.

그리고 어느 때보다 기분이 좋은 듯했다. 그런데 마침 내일은 음양도에서 말하는 행선지 방향에 손이 있어 들어가지 못한다고 말하자,

"그럼 그렇다고 왜 진작에 일러두지 않았느냐."

하며 몹시 불만스러운 듯 말했다.

"만약 그리 일러뒀다면 어찌하셨겠습니까?"

나는 대꾸 안 해도 될 말을 그만 되받아쳤다.

"물론 목적지 방향이 안 좋으면 일단 방향이 좋은 곳에서 일박하고 다음 날 다시 왔겠지."

이렇게 남편도 남편 나름대로 너무나 속이 빤히 들여다보이는 핑계를 대기에, 이번엔 나 역시 약간 불쾌한 기

색을 얼굴에 드러내며 대꾸했다.

"그만한 마음이 있으신지 차후에 시험해 볼 수 있게 해
드리죠."

이렇게 사소한 일로 늘 불화가 심하던 터라 남편은 약
간 신경질적인 표정을 짓긴 했지만, 잠시 뒤 요전에 양녀
로 맞은 소녀를 불러오자, 이내 또 기분이 좋아져 옆으로
가까이 불러 머리를 쓰다듬으며 말했다.

"이 아이에게 공부와 노래를 잘 가르쳐 주게. 그런 건
자네한테 맡길 수 있으니 말이야… 음, 이제 조금 더 있
다가 건너편 집 아이와 함께 성인식을 해 주마."

이러면서 즐겁게 상대해 주었다. 그러다 날이 저물어
가자,

"이왕이면 별저로 가자."라고 말해 또다시 모두 소란을
피우며 마차를 타고 돌아갔다.

남편을 배웅한 뒤 홀로 남은 나는 그대로, 언제까지나
그 저물어 가는 뜰을 물끄러미 바라보았다. 말로 이루 표
현할 수 없을 만큼 좋은 향기가 가끔 땅거미 속에서 풍기
고, 그게 여전히 휘파람새를 잠 못 이루게 하나 보다. 서
쪽 맞은편에서는 새소리에 섞여, 소녀가 갓 배우기 시작

한 칠현금의 서툰 가락이 뚝뚝 끊겨 들려온다…. 나는 문득 이리 아름다운 봄날의 저녁을 그분은 산골에서 혼자 어찌 게실지 생각했다. 주위의 울적할 정도로 차고 넘치는 평화로움이 오히려 그렇게 설움 많은 사람의 가련한 신세를, 슬픔 하나하나까지 잔혹할 만큼 선명하고 생생히 나에게 그려 내게 했다….

올봄에는 소녀가 신기해하며 축제나 참배 등에 가 보고 싶어 해서, 그렇게 어린아이 혼자만 보낼 수는 없어 내가 동행해 함께 외출하는 일도 어느덧 많아졌다.

그런데 또 봄철 끝 무렵부터는 이런저런 금기가 겹치며 집 안에 틀어박혀 있기 일쑤였다. 작년까지만 하더라도 집 안의 기둥 같은 데에 부적을 붙이는 모습을 보면, 이 꿈만큼도 아쉽지 않은 삶을 자못 아쉬워하나 싶어 나답지 않다며 괴로워했는데, 올해는 웬일인지 그리 말하는 액막이도 무관심하게 대충 넘겨 버리면서 아무 일도 없는 듯 조용히 틀어박혀 지내게 되었다. 또 이 소녀 덕에 시름을 잊나 싶어 나는 매일같이 소녀에게 노래를 읊어 주고 공부도 시켰다.

남편 또한 요즈음은 금기 사항이 많아 밤에 묵는 일은 드물어도 낮에는 자주 보였다. 그렇게 대낮이면, 이미 늙어 버린 내 모습을 보이기 부끄럽긴 하지만 어차피 어쩔 수가 없으니 소녀를 내 곁에서 떼어 놓지 않고 말벗으로 삼았다. 하지만 화려함을 좋아해 상의는 향기로운 여러 색상에 줄무늬가 많은 걸 늘 즐겨 입는 남편과 마주하고 있으면, 격의 없이 지내다가도 새삼스레 초라하게 차려입은 내 모습을 돌아보게 되고, 한창 어여쁜 이 나데시코 때문에 이렇게 일부러 오시기에, 분명 나는 남편이 거들떠보려고도 하지 않을 거라 여기며 애석해하기 일쑤였다.

아오이마쓰리*가 다가왔다. 그날이 되자 나는 젊은이들을 데리고 몰래 밖으로 나갔다. 잠깐 마쓰리 행렬을 구경하다가 그중 유난히 화려한 선지급 마차가 있어 누굴까 하고 주의 깊게 봤더니, 행렬 전방을 가마로 선도하는 사람들 속에 낯익은 얼굴이 몇 있었다.

'역시 남편이군.' 생각하면서도, 우리가 탄 마차 주변에서 "저분은 누구죠…. 이제까지 봤던 사람들 중에 가장

---

* 아오이마쓰리葵祭: 교토시의 시모가모신사下鴨神社와 가미가모신사上賀茂神社의 제사(5월 15일).

근사한 거 같아…" 하며 사람들이 웅성대는 소리를 가만히 듣고 있자니, 이러고 남들 눈을 피해 몰래 와 있는 우리가 더욱더 초라하게 느껴질 뿐이었다. 발을 완전히 감아올린 채 휘황찬란하게 지나갔는데 마차에 탄 사람은 틀림없이 그분이었다. 하지만 무슨 영문인지 그분은 곧바로 눈앞을 지나쳐가다가, 순간 우리 마차를 알아보나 했더니 갑자기 부채로 얼굴을 가리고 그대로 거기를 지나가 버렸다.

마차 안쪽 깊숙이에 나와 함께 앉아 있던 나데시코를 의식한 게 분명했다. 내가 그 일에 대해 아무 말 않고 침묵하자, 소녀도 내 심중을 헤아렸는지 안색이 창백하면서도 마차에 탄 남편은 못 본 체했다. 조금 새파랗게 질린 낯빛은 집에 돌아오는 내내 변함이 없었다….

저녁때, 그런 일로 부지불식간에 서둘러 귀가하게 된 우리 마차보다도 한참 뒤늦게 미치쓰나의 마차가 돌아왔다. 어쩌면 마쓰리에 갔다 귀가할 때는 혼잡을 빚던 지소쿠인사원* 부근에서 미치쓰나의 마차는 어느 깔밋한 여

---

* 지소쿠인사원知足院: 나라현奈良縣 나라시奈良市 조시정雜司町에 있는 화엄종 사원.

인 마차의 뒤를 계속 쫓아갔는데, 그대로 놓치지 않으려 따라가자 상대편에서 그걸 눈치챈 듯 집을 알려 주지 않으려 했는지 마차를 점점 빨리 몰아 다른 마차들 속으로 들어가려는 것을, 결국 끝까지 따라가 그 여인 집—야마토노카미大和守 댁 딸이라던가……—을 알아내고 왔다는 이야기였다…. 그 작은 모험은 내성적으로만 보이는 미치쓰나로서도 적잖이 만족한 듯했다. 그렇게 뒤쫓아간 마차 안의 젊은 여인을 모습도 보지 못했으면서 어쨌거나 그리워하는 건 처음 있는 일 같았다.

다음 날이 되자 무슨 생각인지 남편이 편지를 보내왔다. 하지만 어제 봤던 일에 대한 언급은 전혀 없었다. 나는 조금 토라진 듯 답장 끝에 이렇게 적어 보냈다.

'어제는 무척 눈부실 정도로 아름답게 차려입고 출타했었다고 모두 말하던데 어찌하여 저희에게는 보여 주지 않으셨습니까. 참으로 생기발랄하신 분이셨다던데.'

그러자 바로 답서가 왔다.

'그건 내 모습이 너무 늙어 보여 부끄러운 나머지 한 일이오. 그걸 또 현란한 차림이라고 누가 말했단 말이오.'

이렇게 적어 왔는데, 정말 시치미도 잘 떼시는구려.

눈 위의 발자국

그렇게 아오이마쓰리가 지난 뒤로 남편은 쓸 말이 없는지 편지를 보내지 않았다.

미치쓰나는 요전에 봤던 야마토노카미 아가씨 집으로 열심히 편지를 보내고는, 내성적이라 여자 쪽 답장을 받지 못해 속으로만 혼자 끙끙대고 있는 듯했다. 나한테는 아직 아무것도 털어놓지 않아 내 쪽에서도 그냥 지켜보고 있을 수밖에 없다. 종일 뭔가 걱정스러운 모습으로 뜰을 바라보며 지내는가 하면, 다음 날에는 활쏘기 놀이를 하고 와서 오늘은 잘 쏘았다는 둥 하며 돌아오자마자 그날 있었던 상황을 신이 나서 모두에게 들려주기도 했다.

나데시코는 또 나데시코대로 이제 겨우 세상을 이해하게 된 소녀답게, 그 뒤로 나에게 마음을 쓰면서 되도록 얼굴조차 마주치려 하지 않았다. 어린 마음에 지나치게 많이 생각하나 싶어 애처로울 정도다. 나는 이제 이대로 남편이 언제 발길을 끊을지 걱정하면서도 나 스스로가 미련을 남길 만한 일은 별로 없으리라 생각하지만, 단지 이렇게 온갖 꿈을 품고 내게 왔을 나데시코가 얼마나 가슴이 미어질지를 생각하니 그게 더 염려스러울 따름이었다.

어느덧 장마가 가까워진 어느 날, 갑자기 남편이 그 마쓰리가 끝난 이후 처음으로 찾아왔다. 내가 넋 나간 얼굴로 언제까지고 아무 말 없이 있으니, "왜 아무 말도 없는 거요?" 하고 남편이 내 비위를 맞추려는 듯 입을 떼었다.

"아무런 말이 없으시기에…."

내가 무심결에 건성으로 대답하자, 남편은 갑자기 참기 어려운 듯 거친 목소리로 이어 말했다.

"어째서 자네는 찾아오지 않느냐, 밉다, 화난다, 분하다 소리치며 나를 때리거나 꼬집지 않는 거요."

나는 잠시 엎드려 아무 말 없이 가만히 듣고 있다가 얼마쯤 지나 고개를 들고 말했다.

"실은 제 쪽에서 드리고 싶던 말씀을 그리 전부 직접 해 주시니 더 이상 제가 드릴 말씀이 없었습니다."

이렇게 말하며 나는 어느덧 스스로가 자못 기분 좋게 미소 짓고 있음을 느꼈다.

그날은 이렇게 온종일 둘 다 서로를 무뚝뚝하게 대했다. 남편이 나데시코를 부르게 했지만 나데시코도 오늘은 기분이 좋지 않다며 끝내 나오지 않았다. 남편은 점점 난처한 표정을 지었고, 그래도 뭔가 미련이 남는 듯 자리를 곧바로 못 뜨고 저녁때가 다 되어 돌아갔다.

한동안 이 일기를 쓰지 못했다. 자진해 일기를 써야겠다는 마음도 아니고 또 일기를 안 쓰는 게 마음에 걸리지도 않아 그냥 내팽개쳐 두었던 거다. 오래 손 놓았던 이 일기를 아무렇지 않게 다시 요즘 쓰기 시작한 건 예전처럼 스스로 나 자신을 어떻게든 해야겠다는 절박한 심정 때문은 원래 아니었다. 다만 그만큼 자신의 일도 감당하기에 너무 벅찼던 내가, 이렇게 그분에게 버려진 여자아이를 기를 마음의 여유마저 생긴 게 나 스스로 생각해도 이상할 정도이고, 그래서 붓을 꺼내 들기는 했지만, 역시 내게 이 일기를 쓰게 한 건 그분에 대한, 또 자기 자신에 대한 일종의 집념이었을지 모른다. 하지만 그런 마음조차 점점 사라지는 현재, 일기를 이렇게 안 끝내고 마치려는 것 또한 당연하겠지. 이 일기를 언제 또 다른 들뜬 마음으로 마주하게 될 날이 올 때까지 잠깐 그걸 끝내 두려고, 나는 지금 이 울적한 붓을 붙들고 있다고 해야 할까.

요 며칠 동안, 구름의 모양새가 험상궂어지며 비가 간헐적으로 오락가락하는 날이 계속되고 있다. 요즘 자주 새벽에 두견새가 우는지 한 궁녀가 "어젯밤 들었어?" 묻자 또 다른 궁녀가 곧바로 물음에 응해 "오늘 아침에도 울던데." 하며 이야기를 나누고 있었다. 못 들은 사람도 있을 터인데 내가 아직 올여름에 두견새 소리를 한 번도 못 들었다고 말하기가 부끄러울 정도…. 그만큼 요즘은 왠지 나도 모르게 곤히 잠만 자는 자신을 돌아보며, 나는 모두가 있는 앞에선 아무 말도 하지 못해도 마음속으로 가만히 생각했다.

'내가 아무리 곤히 잠들었었다 해도 정말 마음을 푹 놓고 잔 건 아니다. 아마 요즘 나 자신도 거들떠보지 않게 되어 버린 나의 수심이 밤이면 내 안에서 빠져나가 두견새로 변해 이리저리 다니며 울어 대는 거겠지.'

이렇게 생각하고 또 생각해, 그토록 지기 싫어하는 마음을 노래로 읊으며 겨우 근심을 달래고 있었다. 하지만 그걸 누구한테 보여 주려고도 않고 나는 아무 종이에다 휘갈겨 쓰고는 그게 그대로 없어져도 좋다고 생각했다….

2

어느덧 일 년 남짓을 펴 보지 못한 이 일기장을 꺼내 놓고, 그런데 또 이런 마음으로는 여태까지 한 번도 마주

눈 위의 발자국

했던 일이 없어 보인다. 가슴 설렘을 느끼면서도 지금 밤이 깊었다는 사실조차 나는 모르고 있다. 나로서 끝내든 안 끝내든 상관없는 이 일기장을 다시 이렇게 간절한 마음으로 손에 들게 되리라고는 꿈에도 생각지 못했다.

사복시정*이 물러간 건 이미 훨씬 전의 일이다. 그 뒤로 나는 오래도록 등불을 피해 어둠 속에서 홀로 눈을 감고 있었다. 언제까지고 그러고서, 나도 확실히는 알지 못하는 무언가를 생각하며 계속 쫓고 있었다. 그리고 나 자신조차 확실히 알지 못하는 그 무엇 때문에 마음이 안타까울 정도로 흔들리고 있음을 나 역시 안타깝게 그걸 흔들리는 대로 내버려 두었다….

잠시 뒤 나는 체념한 듯 감았던 눈을 겨우 뜨고, 되도록 마음을 진정시키려고 내 앞에 이 일기장을 놓았다.

평생 수령受領(임지에서 정무를 보는 지방 장관)으로 지내신 아버지가 나를 여러모로 염려해, 우리를 지금의 나카가와中川 부근으로 주거를 옮기게 해 준 건 작년 가을 중순

---

* 사복시정司僕寺正: 사복시司僕寺(궁중의 가마나 말에 관한 일을 맡아보던 관아이며, 내사복內司僕과 외사복外司僕이 있음)의 으뜸 벼슬.

이었다. 남편이 나를 생각해서 준, 이제까지 지내던 집은 점점 황폐해질 대로 황폐해져 이제 더 살기 힘들 지경이 되긴 했지만, 아버지의 제안에 따라 이 집을 떠나 버리면, 동시에 남편과의 사이도 내 쪽에서 끊는 거나 마찬가지라, 최근 시가 마을에서 애써 데려온 양녀를 생각하니 역시 그 일을 나 혼자 결정하기가 쉽지 않았다. 뭐 그렇다면 남편 쪽에서는 어떻게 나올까 해, 이사한다는 사실을 넌지시 알려 주듯 남편 귀에 들어가게 했었다. 하지만 남편으로부터 그 일에 대한 아무런 답변이 없었을 뿐만 아니라 요즘은 지난번에 봤던 오미近江인가 하는 여자 집만 주살나게 드나든다는 소문을 들은 터라, 나는 결국 이대로 더 안 되겠다 싶어 남편한테는 딱히 양해를 구하지 않고, 아버지가 말씀하신 대로 나카가와에 있는 집으로 이사를 했다. 산이 매우 가깝고 강변에 있는 자그만 집으로, 정말 이런 데서 한 번쯤 살아 보고 싶다고 오래 전부터 생각하고 있던 집이었다.

우리가 그곳으로 이사하고 나서도 이삼일까지 남편은 아직 그 사실을 모르는 듯했다. 마침내 대엿새가 지나고 나서 '어찌하여 내게 알려 주지 않았소.' 하고 미안해하는 글을 보내왔다.

'아뢴 줄로 압니다만 저는 너무 억울하옵니다. 정말로 한 번이라도 더 옛집에서 뵙고 싶었사옵니다.'

하고 내가 매정하게 둘 사이를 완전히 끊어 버리듯 답장을 보내자 남편 쪽에서도 화가 났는지 '그렇군, 그리 불편한 곳이라면 나로서는 갈 수도 없겠구려.' 하고 보내온 게 전부였다. 그 뒤로 우리는 결국 그대로 사이가 멀어진 상황이었다.

9월, 10월이 지나, 이른 아침에 덧창문을 위로 올리고 내다보면 물안개가 잔뜩 끼어 산들은 산기슭만 보일 때도 있었다. 그토록 외롭고, 그토록 쓸쓸한 집에서 자기 자신을 찾는 일이 나로서는 그나마 큰 위안이었다. 강 앞으로 끝없이 펼쳐지는 논바닥에는 곳곳에서 볏단이 건조되고 있었다. 가끔 우리 있는 곳을 찾아오는 사람도 있는데 그 푸른 벼를 그대로 말에게 먹이로 주는 모습도 자못 정취 깊었다. 초고리 사냥을 좋아해 가끔 들판에 나가면 매를 하늘 높이 날아오르게도 하지만, 이런 곳에서 함께 지내게 된 미치쓰나는 아직 젊은 만큼 모든 게 부족함이 없어 보였다.

그대로 곧 겨울이 되나 싶을 무렵이었다. 내 쪽에서는 이제 완전히 사이가 멀어졌다고 생각했던 남편으로부터 갑자기 겨울옷을 심부름꾼 편에 들려 보내라고, 그걸 마련해 보내라는 내용과 함께 전해 왔다.

"서간도 있었는데 도중에 잃어버리고 말았습니다."

심부름꾼이 연신 변명하긴 했으나 애초부터 그런 건 들려 보내지 않았으리라 여겨진다. 나 역시 더 이상 오기 부릴 마음이 없어, 해 달라는 대로 옷을 준비하여 내 쪽에서도 서간 없이 보내 드렸다. 이후 그런 일이 두어 번 더 있었다. 좀처럼 둘 사이가 멀어질 듯하면서도 멀어지지 않아 신경이 쓰이기는 했지만, '그래도 이런 바느질감 때문이라면야.' 하며 우리의 덧없는 사이를 새삼스레 돌이켜 보는 사이에 그해도 어느덧 저물어 버렸다.

오랫동안 오품 자리에서 승진을 못 하던 미치쓰나가 마침내 사복시의 내승內乘 자리에 오른 건 이듬해 임명식 때였다. 남편으로부터 오랜만에 반가운 서간을 받았다. 미치쓰나 역시 이번 승진이 매우 기뻤는지 서둘러 여기저기 인사를 다녔고, 마침 관청(내사복)의 사복시정이 미치쓰나의 숙부인데 거기에도 어느 날 찾아뵀었다. 여전히 젊어 보이는 그분은 매우 반갑게 맞아 주며 이런저런 이야기를 나누다, 어디서 듣고 아셨는지 내 손에 자라고 있는 나데시코에 대해 이것저것 묻게 되셨다.

"몇 살이나 됐나요?" 하며 시시콜콜 물어보셨다고 한다. 집에 돌아와 미치쓰나가 나에게 그 이야기를 들려줬는데 나는 "뭐, 아무리 호색가라도 이런 나데시코를 보시면…."이라고 답했을 뿐 전혀 아랑곳하지 않았다.

나데시코는 지난해 시가 마을에서 내가 맡을 무렵에 비하면, 꽤 성숙한 아름다운 외모를 지녔다. 그리고 어릴 때부터 갖은 고생을 해 온 탓인지 나이에 비해서는 세상에 대해 모르는 게 없는 듯, 내 앞에서도 산골에서 홀로 쓸쓸히 지내고 있을 어머니를 그리워하는 내색을 전혀 하지 않을 정도다. 하지만 몸은 아직 연약해 전체적으로 자못 어린아이다웠다. 첫 경험은 아직도 멀어 보였다. 이렇게 아무 눈에도 띄지 않게 자그만 화초처럼 자라고 있는 이 소녀를, 어쩌면 그분은 어디서 듣고 이제 그거에 눈길을 주시려는 거겠지….

사복시정은 관아에서 미치쓰나를 우연히라도 마주치면 이야기를 하다가 꼭 나데시코에 대해 똑같은 질문을 되풀이하셨다. 처음에는 미치쓰나도 궁금했는지 그걸 일일이 알리다가, 내 쪽에서 전혀 상대하려 하지 않자 결국 나에게는 더 이상 아무 말도 하지 않게 되었다.

그러던 어느 날 밤이 이슥해 돌아와, 이미 내가 잠든 침소로 몰래 들어왔다.

"실은 오늘 아버지를 뵈었는데, '네 사복시정이 요즘 나를 얼마나 괴롭히는지. 너희 집에 있는 나데시코는 어떻게 지내냐, 이제 꽤 많이 컸겠군.' 하며 이런저런 말씀을 하시더군요. 그리고 나서 관아에서 사복시정 나리를 만났을 때는 '나리가 자네한테 무슨 말씀을 하지 않던가.' 하고 물으시길래 그대로 대답해 드렸더니, '어떻게 그 아이를 받아들이셨냐, 그럼 모레가 좋은 날이니 서간을 드리고 싶다.'라고 내게 말씀하시더군요. 저는 아무 대답도 못 하고 돌아왔습니다만…"

고지식한 미치쓰나는 자못 난처하게 된 듯 그 일을 말했다. 나는 이야기를 대충 듣고 나서,

'음, 정말 뭔가를 착각하고 계시네요. 아직 나데시코가 이렇게 어리다는 걸 모르시나 보군요.'

이렇게 아무렇지 않은 듯 답장을 해, 걱정하는 미치쓰

나를 돌려보냈다. 그리고 나도 그날 밤은 그대로 잠들었다.

막상 그날이 되자 역시 사복시정 나리로부터 서간이 있었다.

'평소 제 생각을 나리께 아뢰어 두었습니다만…'

이처럼 정중하게 쓰고, 남편이 자기한테 직접 여기로 서간을 전하라고 했다며 이렇게 소식을 보낸다는 내용이었다. 나는 서간을 받아들고, 지금으로선 사복시정 역시 나데시코가 이렇게 어리다는 사실만 알아도 이상하게 여기리라는 생각에, 당장 답장을 어떻게 해야 할지 망설이다가, 언제 이 편지를 남편의 처소로 보내 뭐라고 해야 할지 물어보고 오게 하려고 했다. 하지만 금기로 인해 좀처럼 서간을 남편에게 보여 줄 수가 없었다. 한편 사복시정 나리는 사복시정 나리 나름대로, 내 쪽에서 답변이 언제까지고 없어 매우 원망하고 있는 듯했다. 중간에서 미치 쓰나는 혼자 거의 난처해하고 있었다.

마침내 남편이 답장을 보내와 내용을 보니 이러했다.

'여전히 내가 어찌 그런 일을 허락할 수 있겠소. 가까운 시일에 생각해 두겠다고 사복시정에게는 말했을 뿐이오. 답장은 자네가 적당히 둘러대구려. 그런 공주가 있다는 사실조차 아무도 아직 모를진대, 혹여 그렇게 사복시정이 그곳을 드나들기라도 해 보시오, 사람들이 이상하게 여겨도 할 말이 없잖소.'

너무 뜻밖의 내용이었다. 이런 말을 들으니 나도 화가 났다. 그 분풀이라도 하듯 나는 그만 어른답지 못하게 사복시정 나리에게도,

'잠깐 남편의 처소에 심부름꾼을 보냈더니, 마치 당나라에라도 갔었는지 한참 걸려 겨우 답장을 받아 왔습니다. 그런데 답장을 읽어 보니 저로서는 점점 더 이해하기 힘든 내용뿐이라 아무런 답장을 드릴 수가 없사옵니다.'

하고 호되게 답장을 써 보냈다. 이런 식으로 평소와 달리 화를 낸 뒤에 문득 정신을 차려, 아무 일도 아니겠지 생각하는데, 갑자기 모든 일이 왠지 뜻하지 않은 방향으로 흘러가 버릴 것만 같은 두려움이 느껴졌다. 두려움을 느끼자 나는 왠지 긴장되었다…. 그렇게 내 쪽에서 보낸 냉담한 답장에도 불구하고, 내가 우려한 대로 사복시정 나리는 전혀 끄떡없이, 오히려 열심히 똑같은 내용의 서간을 보내왔던 거다. 이렇게 된 이상 내 쪽에서는 가능한

한 상대하지 않는 수밖에 방법이 없었다.

그런데 3월에 들어, 어느 날 낮 무렵 "사복시정 나리가 오셨습니다." 하는 소리가 났다. 갑작스러워 놀랐지만 곧장 나는 소란 피우던 궁녀들에게 "원, 조용히들 나가시게." 말하고, 또 심부름꾼에게는 "됐으니, 지금 우리는 집에 없다고 해 주시오." 하고 분부했다.

하지만 그러는 사이에, 기품 있는 한 청년이 안뜰에서 몰래 들어와 엉성한 나무 울타리 앞에 서 있는 모습이 발 너머로 보였다. 누인 옷을 안에 입고 부드러워 보이는 평상복을 겉에 입고 칼을 찬 채 주홍색 부채를 조금 펼쳐 손에 들고 놀다가, 마침 바람이 일어 그 갓끈이 약간 나부꼈지만 아랑곳하지 않고 가만히 서 있는 모습이 마치 한 폭의 그림 같았다.

"참으로 고우신 분이 오셨어."

안채에 있던 궁녀들은 아직 아무것도 모른 채, 덧바지 등에 대해서도 격의 없이 서로 수군대며 발 너머로 그 청년을 훔쳐보려고 기웃거렸다. 때마침 청년의 갓끈을 흔들어 대던 바람이 그곳까지 닿으며 갑자기 발을 집 안팎으로 흔들어 대는 바람에, 발 뒤편에 있던 궁녀들이 어찌

할 바를 모르고 허둥대며 발을 누르려고 야단을 떨었다. 흉한 모습을 청년에게 모조리 들켰을 생각을 하니 나는 죽고 싶을 만큼 부끄러웠다.

어젯밤 늦게 귀가한 미치쓰나가 아직 자고 있어, 그를 깨우러 간 사이에 그 일이 벌어졌다. 미치쓰나가 마침 그때 일어나 와서 사복시정에게 말했다.

"마침 오늘은 아무도 집에 없사온데…."

바람이 심하게 부는 날이라 아까부터 남쪽 덧문을 완전히 내려 뒀었는데, 그게 마침 좋은 핑곗거리가 되었다.

사복시정은 그래도 굳이 툇마루 위로 올라가,

"음, 짚방석이라도 빌려주어 잠깐 여기에 앉게 해 주구려."

이렇게 말하며, 거기에서 미치쓰나를 상대로 잠깐 이야기를 나누었다.

"오늘은 날이 좋아서 그저 시늉이라도 이렇게 내봤습니다. 이러고 그냥 돌아가기에는 너무나 아쉽습니다만…." 하고 조금 풀 죽은 모습으로 돌아갔다.

'생각했던 것보다 기품 있는 분이군.'

이런 생각을 하며 나는 발 너머로 그 뒷모습을 마냥 지

눈 위의 발자국

커보고 있었다.

　그러고 나서 이틀쯤 지나, 사복시정은 내 처소로 부재 중에 방문한 일을 사과할 겸 서간을 보내왔다.

　'정말 당신만이라도 뵙고 저의 진실한 마음을 알리려 했는데, 본인의 늙어 잠긴 목소리를 어떻게 들려줄 수 있겠냐는 둥 언제나 말씀하시며 저를 피하시는 것은, 그건 그저 핑계이고, 아직 저를 허락하지 않기 때문이라 여겨집니다.' 하는 원망과 함께 '그건 그렇고, 오늘 밤에는 궁녀라도 보러 다시 가겠습니다.'라는 내용이었다.

　해 질 무렵, 사복시정은 말한 대로 정말 찾아왔다. 어쩔 수 없이 덧문을 두 칸쯤 위로 올리고 툇마루에 등불을 켜 차양 사이를 드나들 수 있게 했다. 미치쓰나가 나가서 인사를 했다.

　"어서 오십시오."

　여닫이문을 열고 재촉했다.

　"이쪽으로."

　사복시정은 그쪽으로 좀 걸어가다 갑자기 생각이 바꾸었는지 뒤로 물러나며 작은 소리로 승강이를 하였다.

　"어머님께 이곳 출입을 허락해 달라고 말씀 좀 해 주겠소이까?"

이윽고 미치쓰나가 내 처소로 찾아와 그 말을 전했고, 나는 이렇게 답하게 했다.

"그런 입구 근처라도 상관없다면요…."

답변을 들은 사복시정은 잠깐 미소를 짓고, 옷 스치는 소리를 내며 차분하게 여닫이문을 열고 들어오셨다.

가끔 맞은편 차양 사이로, 사복시정 나리와 미치쓰나가 나지막하게 주고받는 이야기 소리에 섞여 쥘부채 부딪치는 소리가 희미하게 들려왔다. 우리가 있는 발 안쪽은 쥐 죽은 듯 고요했다. 잠시 뒤 사복시정은 또 미치쓰나 편으로 내게 말을 전해 왔다.

"일전에 뵙지 못하고 돌아가 다시 찾아뵈었습니다."

이렇게 몇 번을 중간에서 난처해진 미치쓰나가 자꾸 나를 책망했다.

"어서 뭐라고 말 좀 하세요."

어쩔 수 없이 나는 앉은 채로 휘장 가까이 조금 다가가 보았다. 하지만 물론 내 쪽에서 뭐라 말을 꺼낼 상황은 아니라서 그대로 말없이 있었다. 사복시정은 막상 나한테 무슨 말을 해야 할지 몰라 당황스러워하는 모습이었

눈 위의 발자국

다. 그렇다고 이대로 있다간 둘 사이가 점점 더 어색해질 거 같아, 내가 거기에 있다는 사실을 혹시 사복시정이 아직 모를까 싶어 알려 주려고 가볍게 헛기침을 했다. 그제야 사복시정이 입을 열었다.

시가 마을에서 내가 아무도 몰래 소녀를 맡게 된 이야기를 엿듣고 믿기지 않을 만큼 가엾은 처지에 마음이 끌렸는데, 알지도 못하는 그 소녀의 아픔이 갈수록 뼛속까지 사무치게 된 사정을, 처음에는 절묘하게 속내를 숨기는 목소리였으나 점차 열띤 어조로 바뀌며 사복시정은 말을 꺼내셨다. 나는 그런 사복시정이 하는 이야기를 처음부터 끝까지, 게다가 뜻밖의 선심까지 베풀어 가며 가만히 듣고 있었다. 그러다 마침 이야기가 끝나 이번은 내가 뭔가 말할 차례가 되어, 아무래도 나는 이렇게 대답하는 수밖에 없었다.

"무슨 말씀을 하셔도 아직 공주가 너무 어려, 그리 말씀하시면 마치 꿈처럼 여길 정도라서요…"

비가 억수같이 퍼붓는 해 질 녘이었다. 주위가 온통 개구리 울음소리로 가득했다. 그대로 밤이 깊어질 것만 같아, 아까부터 차양 사이에 앉아 전혀 돌아갈 기미가 없

는 사복시정을 향해 나는 반은 위로하고 또 반은 타이르
듯 말했다.

"이렇게 개구리가 울어 대니 이러고 안에 있는 저희까
지 왠지 불안할 정도인데. 당신도 어서 돌아가서야."

사복시정 쪽에서는 이렇게 내가 한 말도 오히려 가슴
에 사무치는지 그저 다음과 같이 응했다.

"그렇게 불안할 때야말로 아무쪼록 앞으로 저를 의지
해 줬으면 합니다. 그런 거라면 저는 전혀 개의치 않으니
까요…."

하지만 아무리 시간이 지나도 돌아갈 것 같지 않았다.
점점 밤이 깊어지는 데다 모두의 체면도 있고 해서 나는
혼자 난처해하고 있었다. 그런데 더 이상 아무 말이 없
자, 결국 사복시정이 돌아갈 기미를 보이며 말했다.

"궁녀가 써 준 부적도 이미 시간이 임박해 서둘러야 할
듯하오니, 뭔가 용건이 있으면 대신 제게 분부를 내려 주
십시오. 앞으로는 자주 찾아뵐 생각입니다."

이 말을 남기며 사복시정은 그제야 자리에서 일어났다.

나는 무심결에 그 사복시정의 뒷모습을 보려고 휘장
사이를 벌려 슬쩍 엿보았다. 그런데 방금 사복시정이 계

시던 툇마루의 등불은 벌써 아까부터 꺼져 있었던 듯했다. 내 자리 근처에 여태껏 불이 켜있어 툇마루 등불이 켜졌다는 사실을 전혀 눈치채지 못한 거다. 그럼 아까부터 사복시정은 어둠 속에서 내 그림자를 가만히 지켜보고 있었단 말인가, 놀라서 나는 해도 너무한 사복시정을 호되게 나무라듯 말했다.

"원, 못된 사람이로군. 불이 꺼졌다는 걸 말하지도 않고…"

사복시정은 하지만 내 말을 못 들은 척하며 가만히 자리에서 일어나 갔다.

나는 이후, 내 근처에 놓인 등불을 등 뒤로 하고 어둑어둑한 방 안에서 혼자 그대로 눈을 지그시 감았다. 그리고 감은 눈 속에, 나 자신이 이러고 있는 모습을 방금 전에 사복시정이 재미있게 지켜봤을 그림자로 어떻게든 떠올려 보려 하였다. 그 모습은 반은 늙어 추하고, 반은 아직 어딘가에 젊을 때의 아름다움이 남아 있었다. 그러고 있는 동안 내가 점점 말할 수 없이 불안하고 억울한 기분에 사로잡히는 건 그런 그림자가 내 뒤에서 마냥 사라지지 않아서만은 아니었다. 아까 그렇게 당황하는 모습을 보이며 사복시정을 나무랐을 때 나던, 자기 자신을 배신한 나의 쉰 목소리가 여전히 그 주변에 고스란히 떠돌고 있는 느낌이 들었기 때문이다.

나는 언뜻 보기에 대수롭지 않은 그런 일로, 난데없이 흔들리는 내 마음을 어쩔 수 없이 그렇게 흔들리는 대로 놔두었다….

3

그런 일이 있은 뒤로도, 사복시정은 내가 그 일로 그토록 괴로워하리라고는 꿈에도 모른다는 식으로 여전히 미치쓰나의 처소를 찾아와선 나데시코에 대해 같은 말만 미치쓰나를 통해 나에게 전해 왔다.

나 역시 아무렇지 않은 듯 똑같은 답변만 되풀이했다.

"공주가 아직 어려서…."

또 마침 미치쓰나가 이번 5월 15일 가모마쓰리* 때 열리는 액막이 행사에서 사자使者로 서게 되어 그 준비를 해

---

* 가모마쓰리賀茂祭: 교토에 있는 가모신사賀茂神社의 제사.

야 해서 나는 그걸 다행이라 여기고 그쪽으로만 신경을 돌렸다. 나데시코 일로 이래저래 나를 괴롭히던 사복시 정으로부터도 자연스레 신경을 돌리게 되었다. 사복시정 도 사복시정 나름대로, 매일같이 관아를 오가며 미치쓰 나의 처소에 들러 선배답게 신경을 써 보살피며 액막이 행사가 끝나는 날을 하릴없이 기다리고 있는 듯했다.

그러던 어느 날 미치쓰나는 길에서 개의 사체를 봤다며 행선지에서 돌아왔다. 그렇게 몸이 부정해지면 액막이 사자는 포기하여야 했다. 한편 미치쓰나가 그렇게 외출을 삼가고 조심하며 집 안에 틀어박혀 있자, 사복시정은 이 번에는 또 관청의 용무를 빙자해 예전보다 더 자주 드나 들면서 아무 때나 집에 마구 들어가, 그 일이 있은 뒤로 사복시정이 아무리 찾아와도 만나 주지 않는 나를 어떻게 든 한 번 더 만나 보겠다고 기회를 엿보고 계신 듯했다.

사람 좋은 미치쓰나는 그렇게 우리 사이에서 꼼짝달싹 못 하게 될 걸 염려해, 뭔가 책망하길 좋아하는 나만 나무랐다. 그렇게 되자, 모두의 체면을 봐서라도 내가 너무나 자신만 고집하기도 뭐해, 언제고 일 처리를 내가 아닌 다른 이에게 일임하려는 마음으로 미치쓰나를 다시 남편의 처소에 심부름을 보내기로 했다. 어쩌면 또 남편이 예전처럼 그 일로 어떻게든 나를 고집하지 않을까 하는 생각도 들긴 했지만, 그러려면 그러시고 또 그때의 심정으로 사복시정 쪽에도 지금의 나로서는 못 할 말까지 할 마음의 준비를 하고 있던 참에, 남편은 이번에는 기분이 무척 좋으신 듯 이렇게 서간을 보내왔다.

'그렇게 내사복의 사복시정이 열심히 부탁한다면 8월경에라도 허락해 주면 좋겠소. 그때까지 마음이 변치 않는다면 말이오.'

그건 뜻밖의 답변이었다. 하지만 8월경이라는 말에 나는 왠지 모르게 안심했다. 아직 8월까지는 꽤 남았다. 그때까지 남편의 말 한마디로 결정될 운명으로부터 나데시코를 벗어나게 해 줄 일이 왠지 벌어질 것 같은 예감이 들었기 때문이었다.

"8월까지 기다리라면 꽤 한참을 기다려야겠군요."

사복시정도 마찬가지로 그리 예감했는지, 남편이 보낸 답변을 알리자 마치 나를 원망하는 말을 전했다.

"적어도 5월이었으면 했사온데…. 모처럼 내 처소에 찾아든 듯 보이던 두견새마저 너무나 불운한 나를 싫어해,

눈 위의 발자국

이대로 들르지도 않고 날 떠나 버리는 느낌이 드는 건 어쩔 수가 없군요."

그런데 사복시정은 왜 유독 내게만 그리 원망스러운 말을 하는 건지 도통 모르겠다.

그렇게 4월도 중순을 넘겼다.

4월 말에 들어 귤꽃 향이 풍기는 어느 날이었다. 밤이 꽤 깊었지만, 내게 이런저런 내용을 전해 온 사복시정을, 본의 아니게 나데시코를 조만간 허락하겠다고 약속한 이상 그리 매정하게 대할 수만은 없어서, 어쨌든 집에 다니게 하기로 했다. 사복시정은 이번에는 요전과 달리 위엄 있는 태도를 보였지만, 단둘이 있을 때 내게 꺼낸 말에는 평소와 전혀 다를 바 없이 원망이 섞여 있었다. 너무 같은 말만 반복하니 오히려 나중에는 말하는 데 처음만큼 열의가 없는 것처럼(그래서 단지 그 얘기로 날 괴롭히려고 똑같은 말만 내게 되풀이하나 싶기도) 나로서는 느껴졌다.

"그런데 무슨 의향으로 그 말씀만 하시는지요."

나는 더 이상 똑같은 말을 되풀이하고 싶지 않아 이어서 말했다.

"몇 번이나 말씀드렸듯이 아직 정말 어린애이고, 아무래도 8월경이면 초경이라도 있을까 생각들 정도인지라…."

이런 이야기까지 거침없이 했다.

내 말을 듣고 사복시정도 할 말이 더 없는 듯하더니 잠시 뒤에 다시 말을 꺼냈다.

"하지만 아무리 어려도 이야기 정도는 나눌 나이라고 들었사옵니다만…."

"공주는 아직 이야기도 못 나눌 만큼 어리답니다. 누구에게나 낯가림을 해 어쩔 수가 없는 정도니까요."

나는 발 너머로 점점 풀죽어 내 말을 듣고 있는 사복시정을 지켜보면서 거듭 매정하게 말했다.

"그리 말씀하는 걸 이러고 듣고 있으니 가슴이 먹먹할 뿐입니다."

이렇게 말하고 사복시정은 결국 몸부림치듯 그 자리에서 고개를 숙였다.

"왜 그렇게 내게 모질게 대하는 거죠? 뭐 그렇게까지 말씀하실 필요는 없는데…. 아뇨, 이제 나는 왠지 나 자신도 잘 모르겠습니다. 적어도 그 발 안에라도 들어가게

해 주신다면…."

점점 흥분해 무슨 말을 하는지 자신도 모를 말을 이어 가던 사복시정은 그때 순간적으로—도저히 그리 생각했을 거라고는 여겨지지 않을 만큼 눈 깜짝할 사이에—서슴없이 발 쪽으로 다가와 발에 손을 가져가 대려 했다.

나는 그때까지 반쯤 눈을 감고 이야기를 듣고 있다가, 갑자기 그런 일을 당할 수 있겠다는 걸 깨닫고, 나도 모르게 뒷걸음치며 순간적으로 정색하고 소리쳤다.

"원, 발에 손을 가져가 무얼 하시려는 겁니까?"

아울러 발 바깥에서, 즉 발 가까이 다가온 사복시정과 함께 툇마루 앞에서 감돌던 귤꽃 향기가 물씬 풍겨오는 걸 느꼈다. 귤꽃 향이 나자 갑자기 마음에 여유라도 생긴 듯 더 또랑또랑한 목소리로 덧붙여 말했다.

"밤이 깊어, 지금쯤 되면 늘 다른 곳에서는 그리 행동하실 테지요…."

이렇게 매정하고도 나름 어딘가 모르게 고조된 어조로 내뱉은 내 말이 엉겁결에 사복시정을, 이미 뻗어 있던 손을 발에서 재빨리 물러나게 했다.

"그런 취급을 당하리라고는 꿈에도 생각지 못했습니

다."

사복시정은 그 자리에서 다시 고개를 숙여 사과했다.

"잠깐이라도 발 안으로 들어가도록 허락해 주시면 더 바랄 게 없습니다. 혹여 이런 일로 기분을 언짢게 했다면 거듭거듭 사과드립니다…."

나는 그런 사복시정을 더 저지하려고 계속 말을 이어 갔다.

"아무리 내가 나이 들었다고, 나를 아무렇게나 생각해도 발 안으로 들어오려는 건 무슨 처사인지요. 그 정도를 모르실 분도 아닐진대…"

하지만 그대로 자리에 앉아 꼼짝하지 않는 사복시정을 보니 좀 안됐다는 생각에, 그 뒤로 갑자기 어조를 낮추어 일상 이야기를 하듯 덧붙여 말했다.

"낮에 궐 안에라도 들어갈 양으로 여기로 오시겠어요?"

"그거야 별로 힘들지 않습니다."

사복시정은 이런 마지막 말도 그저 일상 얘기로 받아들일 여유도 없을 만큼, 풀이 죽어 그대로 이내 툇마루 쪽까지 물러났다. 조금 전까지 풍기던 귤꽃 향은 거기에서 사복시정이 발 근처까지 끌고 왔던 게 틀림없다.

문득 나는 조금 전의 뭐라 표현할 수 없이 좋던 꽃 향기를 기억 속에서 넋을 잃고 다시금 떠올렸다. 그게 그대로 나를 잠깐 침묵하게 했다.

사복시정은 그런 나를, 이제 더 이상 자기를 상대하지 않겠다는 뜻으로 받아들였다.

"뭔가 완전 기분을 언짢게 만들어 버렸군요. 더 하실 말씀이 없으면 저는 돌아오는 게 좋겠네요…."

이렇게 사복시정은 자못 나를 원망하듯 지탄하다가 여전히 아무 말 않고 잠깐 있었다. 하지만 사복시정이 그리 생각해도 어쩔 수 없어 내가 더 말을 하지 않았더니, 사복시정은 결국 자리에서 일어나 집으로 돌아갔다.

마침 달이 없는 밤이라 나는 횃불을 들고 가시라고 일렀다. 하지만 그조차 받으려 하지 않고 사복시정은 토라진 듯 귤꽃 향 가득한 문밖으로 나갔다.

그렇게 몹시 기분이 상해 돌아갔으니 이제 당분간은 안 올지 모른다고 생각했지만, 다음 날이 되자 또 사복시정은 관청에 가다가 미치쓰나에게 들러 평소처럼 "같이 가죠." 하며 청했다. 서둘러 미치쓰나가 외출 준비를 하는 동안, 벼루와 종이를 부탁해 몇 줄을 적어 그걸 내게 보내왔다. 봤더니 심하게 흔들린 글씨체로 이렇게 쓰여 있었다.

'전생의 제게 무슨 잘못이 있기에 저는 지금 이리도 괴로워해야 하는 걸까요. 이대로 더 괴로워지면 저는 도저히 못 살 듯합니다. 어디라도 저를 받아 줄 곳이 있다면 산이든 계곡이든⋯. 한데 이제 더 할 말도 없소이다.'

나는 그렇게 사복시정처럼 젊은 분이 말하는 괴로움은 말뿐이라 생각했는데 그래도 그 심하게 흔들린 필적을 보자, 역시 가슴이 메어 와 빠르게 붓을 놀려 다음과 같이 답장을 써 곧장 들려 보냈다.

'뭐 그리 무섭게 말씀하실 필요는 없습니다. 당신이 원망할 상대는 저는 아니잖습니까. 산에 대해서도 전혀 생소한 제가 하물며 골짜기에 대해선 더⋯.'

그리고 나서 잠시 뒤, 사복시정은 언제나처럼 미치쓰나와 한 마차를 타고 관청에 나간 듯했다.

그날 저녁, 사복시정은 또다시 미치쓰나와 같은 마차를 타고 귀가하였다. 그러고는 내게 또 뭔가 좀 적어 보냈다. 이번에는 몰라볼 만큼 선명한 필적으로 쓰여 있었다.

'오늘 아침에는 너무 무례한 말씀을 드려 죄송합니다. 해 주신 말씀이 두고두고 마음에 사무쳤습니다. 저는 오늘 정말 다시 태어난 기분입니다. 앞으로는 더 정신을 바짝 차리고, 그분이 분부하신 대로 기다릴 결심을 했습니다. 다만 그때까지는 딱히 할 일도 없어 무료하니, 부디 툇마루 끝에라도 가끔 앉게 해 주시겠나이까.'

원, 이렇게 갑자기 온순해진 마음이 언제까지 갈지. 이런 생각마저 드니 어쨌든 앞으로 지켜봐야겠다는 마음에 나는 그 물음을 피해 답장을 보냈다. 그날 밤은 사복시정도 곧바로 귀가한 듯했다.

그런 일이 있고 나서 얼마간 사복시정은 여러모로 조심스러워하며 우리 집에도 그리 자주는 들르지 않게 되었다. 단지 틈만 나면 미치쓰나를 부르러 보내, 딱히 할 일도 없으면서 언제까지고 놓아주지 않았다. 그 일로 정말 미치쓰나도 거의 진땀을 빼는 듯했다.

나는 나 나름대로 나데시코를 상대하며 다시 옛날로 돌아간 듯 무료한 나날을 맞고 있었다. 옛날로 돌아간 듯한? 하지만 그런 나날이 나로서는 이전보다 더 무료하고 더 울적하다는 걸 모르는 바는 아니었다. 나는 그 이유를 나데시코에게 해 둘 얘기를 여태 하지 못한 탓으로 돌렸다.

'어차피 언젠가 말해야 한다면…' 하고 생각하다가도, 나데시코가 아직 너무 어린애 같은 체구에다 사복시정이 청혼한 일을 이제 겨우 어렴풋이 눈치를 채, 내가 말을 꺼내려 하면 슬며시 피하며 그때마다 부끄러워하는 모습을 보이니 나로서는 도저히 그 이야기를 꺼낼 수가 없었다.

그렇게 나데시코가 부끄러워하는 모습이 너무 마음이 쓰여 못 견딜 때 어쩌다 툇마루 쪽에서 귤꽃 향이 진하게 풍겨 오면, 언젠가 발 바깥에서 풀 죽어 있던 젊은 사복시정의 요염한 모습이 느닷없이 내가 괴로울 만큼 또렷이 떠오르는 것이었다….

그러던 어느 날이었다. 뜻밖에도 미치쓰나가 오랫동안 끊겼던 남편 편지를 들고 내 처소로 찾아왔다. 무슨 일인가 하여 나는 서둘러 펼쳐 보았다.

'요즘 자주 사복시정이 그곳을 찾는다더군. 8월까지 기다리라고 했거늘. 사람들 소문에 따르니, 아무래도 자네

가 사복시정을 환대하는 건 아니오? 자네를 만나는 거였다면 원망의 말 한마디라도 해 주고 싶구려.'

서간을 손에 든 채 너무 황당해 나는 잠깐 멍하니 있었다.

'이런 일을 그 자존심 강한 양반이 어떻게 내게 말씀한단 말인가. 하필이면 그토록 젊은 사복시정 일로 날 의심하다니.'

이렇게 생각하니 무엇보다 먼저, 절로 쓴웃음인지 냉소인지 알지 못할 감정이 내 마음속에 참을 수 없이 뭉클치밀어 올랐다. 한편 뭐라 말할 수 없이 후회스러운 기분도 들었다….

그렇게 서간을 손에서 내려놓지 못하고 잠시 멍하니 있던 나는 겨우 정신을 차리고, 어쨌든 당장 남편에게 답장을 해야 한다고 생각했다. 하지만 무슨 내용을 쓰든, 누가 누구에게 쓰든 마찬가지로 변명하는 말만 늘어놓을 것 같았다. 그만한 일로 내 마음을 의심하게 된 걸 오히려 남편한테 원망스럽다고 말하고 싶은, 즉 그러고 싶은 심정이지만, 아무래도 지금의 나는 어쩔 수 없게 되어 버렸다. 내 마음이 어느새 남편에게서 이리 멀어졌나 하는 생각에, 나 스스로도 놀랄 정도였다.

나는 그만 분해, 남편이 보낸 편지지 뒤에 그냥 마구 휘갈겨 써 보냈다. 이런 지금의 내 모든 걸 깡그리 자조하고 싶을 뿐이다.

새삼스레 어떤 망아지가 따르리요
거들떠보지 않는 풀이라 도망친 몸을*

나는 남편한테 답장을 드리는 대신 이렇게 노래만 적어 보내기로 했다. 그런데 그걸 미치쓰나에게 들려 보낸 뒤에도 마음속에는 아무것도 토로하지 못한 한없는 불만 같은 게 내내 남아 있음을 어쩔 수가 없었다…

요즘도 여전히 사복시정은 뭐라 하며 미치쓰나를 부르러 보내거나, 또 조심스레 미치쓰나 처소에 직접 드나드는 듯했다. 사복시정은 이번 일은 아무것도 모르기 때문에, 특별히 이러니저러니 할 필요도 없어서 나는 그냥 맘대로 하게 놔두었다.

---

* 해석: 늙은 나에게 새삼스레 어떤 남자가 다가오겠습니까, 말조차 다가오지 않는 마른 풀처럼 남편도 상대해 주지 않게 된 이내 몸인데.

그러다가 5월이 되었다. 두견새가 어느 때보다 자주 울어 댔다. 대낮부터 이렇게 우는 건 드물다. 뒷간에 들어갔을 때 두견새 울음소리를 듣는 건 나쁜 전조라고 하여 옛날부터 사람들이 꺼리지만, 나는 가끔 그 소리를 넋을 잃고 들었다….

어느새 세상은 장마에 접어들었다. 열흘이 지나고 스무 날이 지나도 비는 잠시도 안 멈추고 계속해서 내렸다.

어느 날 밤, 비 때문에 오랫동안 소식이 없던 사복시정으로부터 갑자기 미치쓰나에게 '비가 뜸해지면 잠깐 와주십시오. 꼭 만나야 할 일이 있으니. 부디 어머님께는 내 전생을 뼈저리게 깨닫게 된 사연을 말씀드리겠다고 전해 주십시오.' 하며 무슨 생각인지 글을 적어 보냈다.

그래서 미치쓰나가 뭔가 마음에 걸려, 빗속을 뚫고 일부러 사복시정을 찾아갔다. 특별히 아무 일도 없었고 그저 사람이 그리웠는지 환대해 주어, 여인 그림을 함께 감상하며 일상적인 대화를 주고받다가 밤늦게 또다시 비에 젖어 돌아왔다.

나데시코도 나데시코 나름대로 요즘은 왠지 울적해 보였다. 종일 방에 틀어박혀 귀찮은지 거문고를 대충 연주

하다가 또 어느새 갑자기 그만뒀다 하면서 조금은 초조하게 보내고 있었다. 이처럼 금기할 게 많은 장마철이면 그런 젊은이들은 갈 곳도 없고, 가만히 있으려 해도 가만히 있을 수 없는 마음이라는 걸 나 또한 잘 알고 있었다. 그뿐만이 아니었다. 나는 요 몇 해 전혀 느껴 본 적 없었던, 그리 갈 곳 잃은 마음이 나데시코 덕에 뜻하지 않게 되살아난 듯했다. 한데 지금의 나로서는 그 옛날 견디기 힘들었던 일마저 나데시코와 함께 그게 내 안에 되살아난 탓인지 오히려 신기하게 그립다는 생각이 들었다. 이런 마음에 이끌려 나는 혼자 입구 근처로 나가, 비로 부옇게 변한 정원수를 물끄러미 쳐다보는 일이 잦았다. 오히려 남편도 잘 왕래하지 않던 젊은 시절 자주 내가 그러고 있었듯….

그렇게 장마가 이어지다가 조금 날이 개어, 어딘지 모르게 으스름달이 비치는 날 밤이었다. 오늘은 오랜만에 비가 잠깐 멎어 사복시정이 아까부터 미치쓰나의 처소에 와 계신 듯했다. 그런데 어느새 혼자 나를 찾아오셨다. 그리고 늘 그러했듯 툇마루 끝에 앉아 예전에 말한 나데시코 일로 언제까지 이렇게 혼자 있어야 하는지 괴로움을 내게 호소하기 시작했다.

"이제 석 달 남았으니 금방 지나갑니다."

나는 언제나 냉담하게 떼치는 어조로 말했다.

"그게 오히려 어중간해 요즘 저로서는 더욱더 고통스럽습니다."

사복시정은 내 말에는 아랑곳없이, 자신이 하고 싶은 말을 다 하려는 듯 계속 말을 이어 갔다.

"약속하신 날이 이제 석 달 남았다고 하시는데 상대 쪽에서 보기에도 마찬가지겠지만, 그렇다 하여 이대로 지금처럼 마냥 기다리고 있자니 아무래도 하루하루 다가오는 게 너무나도 더뎌 답답하고, 날이 가까워질수록 오히려 그날이 멀어지는 느낌이 들어 견디기 힘듭니다. 이제는 갈수록 말씀하신 날까지 기다려도, 그때 자신의 이러지도 저러지도 못하는 견디기 어려운 처지에 어떻게 해 버리지는 않을까 해서 불안함이 끊이지 않습니다. 부디 제가 그 불안을 없애도록 뭔가 조처를 해 주지 않으시렵니까?"

점점 하소연하는 말투로 변했다.

그럴수록 나는 더욱더 상대하지 않으려는 듯,

"설마 제게 남편이 말한 달력 한가운데를 잘라 내고 바로 8월이 나오게 이어 달라는 말씀은 아니겠지요?"

무심결에 웃음을 터뜨리며 이렇게 말하기도 했다.

사복시정은 하지만 전혀 웃지도 않고, 아래로 드리워진 발을 가만히 바라보고 있었다. 그래서 나는 발 안쪽에 내가 일으킨 웃음이 언제까지나 공허하게 울려 퍼지는 기분마저 들었다. 나는 그때 문득 남편이 보내온 서신을 떠올리며 이렇게 말했다.

"그건 억지입니다. 게다가 요즘은 남편한테 제 쪽에서 재촉하기 힘든 사정도 있고 해서…"

"그건 또 무슨 말씀입니까?"

사복시정은 툇마루에서 무릎걸음으로 기어 조금 앞으로 다가왔다.

이유는 아직 말해선 안 된다고 생각했지만 나는 곧바로 다시 '그래, 차라리 이 일은 빨리 알리는 편이 낫지 않을까.' 하고 마음을 고쳐먹었다. 하지만 내 입으로 말을 꺼내기 난처해 남편이 보내온 서간을 그대로, 사복시정에게 보이고 싶지 않은 부분만 찢어 내고 발 아래로 내밀

눈 위의 발자국

었다.

"이 서간을 읽어 보세요. 보여 드려도 소용없겠지만, 뭐 그래도 읽으면 남편에게 재촉하기 곤란한 이유를 알게 되실 테니까요…"

사복시정은 서간을 손에 넣자 툇마루 앞까지 쭉 미끄러져 나와, 희미하게 비치는 달빛에 비추어 그걸 언제까지고 들여다보았다.

그렇게 오랫동안 보고 난 뒤 사복시정은 무언가 말을 더듬으며 서간을 발 아래로 넣어 내 쪽으로 건넸다. 그러고는 겨우 들릴락 말락 하는 목소리로 말했다.

"종이 색깔조차 알아보기 힘들 정도라 아무리 애를 써도 도저히 못 읽겠습니다."

사복시정이 다시 툇마루 쪽으로 물러났다.

나는 사복시정에게 공교롭게 젠체한 것 같아,

"아뇨, 이런 건 이미 깨져 버렸으니까요…"

원통한 듯 말했지만, 서간에 냉큼 손을 대려 하지는 않았다.

사복시정이 툇마루 쪽에서 다시 말했다.

"부디 약속만은 깨지 말아 주십시오. 낮에 다시 한번

배견하겠습니다."

어디까지나 서간은 못 읽은 모양이었다. 이제 그대로 사복시정은 아무 말 없이 기다리겠지 생각했는데, 혼자 무슨 말을 중얼대는 건지 알아듣지 못하게 더듬거렸다….

"내일은 관아에 보좌관을 대신 보내고, 난 이쪽으로 다시 한번 서간을 배견하러 오겠사오니…."

사복시정이 이런 말을 남기고 자리에서 떠난 건 그로부터 얼마 안 되어서였다.

그 뒤로 나는 거의 정신 나간 사람처럼, 거기 발 아래로 넣어진 남편의 편지를 찢어 버리지 않고 손에 들고 봤더니, 이 어찌 된 일인가, 내가 사복시정에게 보이고 싶지 않아 찢어 낸 부분을 반대로 그분한테 보여 준 거였다. 게다가 잘못 보여 준 종이 끝이 절반쯤 더 뜯겨 있다는 걸 알게 되었다. 곧바로 나로서는 그 엷은 구름에 가려진 으스름달이 희미하게 비치는 툇마루 가장자리에서 사복시정이 돌아갈 때 뭔가 자꾸 흥얼거리던 모습이 떠올랐다.

나는 사복시정한테 보여 줬던 종잇조각 바로 뒷면에, 당시 나 자신을 비웃기라도 하듯 잔뜩 휘갈겨 낙서한 상태였다는 걸 그때까지 까맣게 잊고 있었던 거다.

"새삼스레 어떤 망아지가 따르리요…."

나는 별안간 입 밖으로 튀어나온 그 글귀에 가슴이 미어지면서도, 왠지 모르게 나데시코의 슬픈 눈빛이 공연히 떠올랐다. 금방이라도 내게 무슨 말을 하려다가 금세 아무 말도 하지 않으려고 마음을 다잡은 듯한 나데시코의 귀여운 눈빛이, 이제껏 한 번도 그런 적이 없는데 그 날 밤에는 유독 내 눈앞을 언제까지고 떠나지 않았다.

4

이튿날 아침, 사복시정은 미치쓰나의 처소로 심부름꾼을 보내 '감기 기운이 있어 관아에 못 나가니 출타하는 길에라도 잠깐 들러 주시오.'라는 내용의 편지를 전하게 했다. 어젯밤 있었던 일을 전혀 모르는 미치쓰나는 또 그 일이냐고 생각한 듯, 출근 준비를 내내 꾸물거리고 있자, 다시 심부름꾼이 찾아와 "애타게 기다리시니 부디 서둘러 와 주십시오." 하며 자꾸 재촉하는 듯했다. 무슨 용건이 있는지 모르겠지만 나 역시 뭔 일인지 궁금했다.

그런데 마침 사복시정이 내게도 따로 서간을 보내왔다. 펼쳐 읽어 보았다.

'감기 기운이 있어, 모처럼 어젯밤 약속했사온데 배견하지 못해 참으로 아쉽군요. 저 같은 사람은 잘 헤아리지 못하겠지만, 나리께 구태여 재촉하기 힘든 무슨 사정이 있는 듯하오니, 적당한 시기를 봐서 좋게 중재해 주십시오. 요즘 제 신세가 불안해질수록 뭐가 뭔지 절로 정신까지 혼란스러운 제 마음을 부디 헤아려 주셨으면.'

평소와 달리 난잡한, 읽기 힘들 정도의 필적으로 쓰여 있었다.

나는 이래저래 생각하던 끝내 서간에 대한 답장은 그냥 안 보냈다.

하지만 이튿날이 되자 역시 그 일로 답장을 하지 않으면 오히려 내가 왠지 사소한 일에 신경 쓰는 것 같아, 너무 젊음에 넘쳐 한 행동이라고 생각을 바꿔, 정말 아무렇지 않은 듯 답장을 하기로 하였다.

'어제는 제가 금기할 자가 있어 그만 답장도 못 썼사옵니다. 그 일은 부디 흐르는 강물처럼 그냥 흘러가게 마음에 담아 두지 마세요. 남편한테는 제 쪽에서 심부름꾼조차 보낼 수 없고, 아시는 바와 같이 지금 제가 덧없는 신세라. 편지지 색은 낮에 보셔도 마찬가지로 분명치 않습니다.'

저녁때 사복시정 댁으로 서간을 전하러 갔던 심부름꾼은 그 집에 스님 모습을 한 자가 많이 모여들어 북새통을 이루는 바람에 그냥 그걸 두고 가겠다고 말하고 돌아왔다.

여전히 감기 기운으로 자리에 누워 있는 듯 사복시정으로부터 '어제는 스님들이 많이 오신 데다 날이 저물어 심부름꾼을 보았기에…' 하며 변명조의 서간을 써 보낸 건 그다음 날이었다.

　　　요 며칠 어찌 된 일인지 저희 집 마당을 떠나지 않
　　는 두견새 한 마리가 병꽃나무 그늘에서 자꾸 울어
　　대고 있는데, 이렇게 날마다 홀로 한숨짓는 저에게 완
　　전히 길들었나 봅니다.

　　　한탄하며 나날을 보내고 있으니 두견새가
　　숨은 병꽃나무 그늘은 아니나 그늘처럼 여위어 버

렸구려.

　그나저나 대체 저는 이 두견새와 함께 어찌 될지 모
르겠군요.

　어딘지 모르게 마음속 신음을 내뱉은 서간을 정말 아
무렇지 않게 되풀이해 읽다가 어느새 나는, 괴로워하는
자가 상대방일 때는 언제나 내 마음이 절로 충족되는 뭔
가 말할 수 없는 편안함을 맛보고 있는 자기 자신을 발견
하게 되었다….

　그리고 나서 며칠 뒤, 삼촌뻘 되는 좌경두*가 갑자기
돌아가시어 사복시정도 죽음을 애도해야 하기에, 남편이
약속한 8월을 앞두고, 우리에게 미련을 남기며 잠시 병후
의 몸을 이끌고 산사山寺에 묵으러 갔다. 산속에서 처음
에는 계속 소식을 보내왔다. 내용은 변함없이 홀로 지내
는 적적함과 나데시코를 간절히 바라는 마음을 담고 있

---

*　좌경두左京頭: 율령제하의 경사京師(수도)를 관할하던 관사官司. 좌경左京은 좌경직左
京職, 우경右京은 우경직右京職이 맡았으며, 각각의 장관長官을 좌경두左京頭, 우경두
右京頭라고 함.

었다. 그런데 나는 사복시정의 서간 속에서 홀로 지내는 적적함을 호소하는 말이 뭐라 표현할 수 없이 가슴에 사무치면 사무칠수록 한편, 나데시코를 요구하는 같은 글 속에 쓴 말들이 왠지 모르게 더 공허해 보인다는 걸 깨닫게 되었다. 어쩌면 그건 그저 나 혼자만의 생각이라는 것도 잘 알고 있다. 그게 더 나를 꼼짝 못 하게 괴롭혔다. 그러다가 사복시정의 서간은 점점 뜸해지더니 나도 모르는 사이에 갑자기 끊겨버렸다. 끊기고 나서 난 비로소 이렇게 될 줄 전부터 왠지 예견한 느낌마저 들었다. 하지만 사복시정이 산에서 내려왔다는 소문은 여태까지 한 번도 듣지 못했다.

❖

나는 이 일기를 끝맺기 전에 한마디 더 덧붙이려 한다. 좌경두의 죽음으로 산속에 틀어박혀 그대로 행방을 감춘 사복시정이 실은 어느샌가 다른 사람의 아내를 훔쳐 어딘가로 몰래 모습을 감춰 버렸다는 사실을 알게 된 건 이미 7월 하고도 중순을 지나서였다. 그 일을 처음 알았을 때는 해도 너무한 처사에 마음이 혼란스러워, 그런 사복시정에 대한 뜻밖의 격한 분노인지, 내가 저지른 일에 대한 후회인지를 통감하지 않을 수 없었다. 하지만 겨우 진정되어 평소의 나로 돌아온 지금은 무언가 까닭 모를 신세의 서글픔을 제외하고는 내 마음도 비교적 차분해졌다.

궁녀들은 이런 나에게 말했다.

"이제 약속 날도 코앞인데, 그렇게 집념을 보이시던 공주님을 두고 그분을 택하다니 무슨 일을 하신 거죠. 정말 해도 너무 하신 처사네요…."

나는 그렇게 사람들이 한결같이 되풀이하는 위로의 말은 아무래도 무심히 흘러보내는 수밖에 도리가 없었다.

하지만 그렇게 사복시정이 이번에 저지른 당돌한 행동도, 적어도 지금의 나로서는 그럴 수밖에 없도록 그분을 부득이하게 이끈 마음의 동기를 전혀 모르는 바가 아니다. 아니, 오히려 이제야 거의 손에 넣게 된 나데시코를 언제나 그분에게 한없이 멀리 존재하는 것처럼 여겨지게 그분 마음을 일부러 초조하게 해서 자기 자신이 더 이상 무엇을 원하는지조차 모르게 만들고, 결국에 이런 뜻밖의 결과를 초래하게 된 원인은 요즘의 나, 이를테면 '언제부터인가 사내라는 사내의 모든 운명에 대해 자칫 빈정거리기 일쑤인 데다 또 그런 나 자신을 스스로도 어쩌지 못하는, 내 탓은 아닐까.' 이런 마음이 드는 건 나도 어쩔 수가 없었다….

그렇게 일말의 불안함이 없지도 않은 내게, 미치쓰나가 안절부절못하고 가만히 서간 한 통을 보낸 건 마침 어제였다. 음, 오랜만에 남편이 보냈거니 생각했는데 그건 뜻밖에도 사복시정이 보낸 서간이었다. 그런데 미치쓰나 앞에서 태연하게 손에 들고 봤더니 이렇게 쓰여 있었다.

'정말 저 자신이 봐도 비참한 몰골이 되어 버렸습니다. 제가 아무리 말씀드려도 마음에도 없는 말이라고 들어주지 않으실 테죠. 이렇게 대책 없는 사태에 이르기 전에, 어찌하여 다시 한번 당신을 찾아뵙고 차분하게 말하지 못했는지 후회가 막심합니다….'

그다음에 뭔가 노래 같은 글귀가 쓰여 있고, 그 위가 먹으로 지워져 있었다. 나는 그중 일부분을 간신히 읽어 냈다.

'…애석한 건 그대 이름…'

나는 애써 냉담한 표정을 지은 채 그 종이를 천천히 말기 시작했다. 내 앞에 앉은 미치쓰나는 별로 서간이 보고 싶지 않은 모습이었다. 그러고 잠시 두 사람은 아무 말 없이 있었다. 하지만 그 긴 침묵은 나에게 마음 한편에 얼어붙었던 살얼음이 절로 녹아 갈라지듯 쓸쓸하면서도 뭐라 말할 수 없는 애달픈 마음이 들게 했다….

눈 위의 발자국

광야

曠野

잊지 못하는 그대는 너무나도 괴로워서

이제껏 살아 있는 신세를 원망하네

—『습유집』*

1

그 무렵 니시노쿄**의 로쿠조六條 주변에 중무대보中務大
輔, 즉 중무성中務省(천황 보좌) 차관 아무개라는 사람이 살
고 있었다. 옛날 기질을 지닌 사람이라 세상으로부터는
잊힌 듯, 부모로부터 물려받은 소나무 많은 저택의 오래
된 서쪽 별채에서 늙은 아내와 함께 외딸을 애지중지 키
우며 한가로이 하루하루를 지내고 있었다.

딸아이가 점점 어른스러워지자, 부모는 얼마 남지 않은 여생을 생각하고 자신들 외에는 딱히 의지할 데 없는 딸의 앞날을 걱정해서, 구애해 찾아오는 여러 사람 중에서 어느 병위부* 차관, 즉 궐문을 지키고 임금님 행차 때는 경비와 시중의 순검巡檢 등을 맡아보던 무관을 택하여 딸과 짝을 지어 주었다. 부모의 마음에 들었던 그 젊은이는 모든 걸 두루 갖춘 인품에다 딸의 아름다움에 푹 빠져 있다는 걸 옆에서 봐도 금방 알 수 있었다. 그리고 또 그 뒤로 이삼 년은 모두에게 더할 나위 없이 좋은 나날이었다.

하지만 그렇게 세상과 거의 단절하다시피 지내는 사이에 중무성 차관의 집안 형편이 나날이 기울어 가고 있다는 사실을, 매일 여자 집을 드나들던 신랑으로서도 점점 확실히 알게 되었다. 그런 와중에도 남자는 이전과 다름없이 후한 대접을 받고 있었다. 그게 오히려 남자로서는 마음이 더 괴로웠다. 그런데 여자와의 언약이 날로 굳건해지면서 어느새 남자는 여자 곁을 떠날 수 없다고 생각하게 되었다.

---

* 병위부兵衛府: 육위부六衛府의 하나로, 병위가 대기하던 관청.

그러던 어느 해 겨울, 중무성 차관이 갑자기 병들어 고인이 되어 버리고 말았다. 이후 여자의 어머니마저 그 뒤를 따라갔다. 여자는 비탄 속에 홀로 남겨져 정말 망연자실하지 않을 수 없었다. 물론 남자는 여전히 밤마다 찾아와 그런 여자를 보살펴 주었다. 하지만 세상을 잘 모르는 두 사람만으로는 만사가 결국 뜻대로 되지 않는 건 어쩔 수가 없었다. 매일 궁궐로 일하러 나가는 남자를 위해서도 이전만큼 잘 챙겨 주지 못했다. 그게 특히 여자도 괴로웠지만 도저히 거기까지는 힘이 못 미쳤다.

　다시 봄이 돌아와 어느 날 저녁, 여자는 입구 근처에 있던 남편 앞에서, 평소 골똘히 생각하던 말을 꺼낼 결심이 그제야 겨우 섰는지 이런 말을 꺼냈다.

　"우리도 이대로 이렇게 지내서는 당신을 위한 일이 아닌 걸 저는 확실히 알았어요. 부모님이 살아 계신 동안에는 그나마 뭔가 채비할 때도 잘 챙겨 드렸었지요. 하지만 이렇게 살림이 여의치 않아지면서 그마저도 뜻대로 안 되고, 궁에 출사할 때 필시 보기 흉하게 여기신 적도 있겠지요. 정말 저는 개의치 않을 테니 부디 당신한테 도움이 되게 하세요."

남자는 아무 말 없이 가만히 듣고 있었다. 그러더니 갑자기 여자의 말을 가로막았다.

"그럼, 내게 어쩌라는 건가?"

"가끔 제가 가엾게 여겨지신다면…."

여자는 간절한 마음으로 대답했다.

"다른 곳에 가시더라도 그때는 부디 언제든 오세요. 도저히 지금 이대로는 흉한 생각을 하면서 궁궐 일을 할 수밖에 없겠지요."

남자는 잠깐 눈을 감고 듣고 있었다. 그러다 갑자기 여자 쪽으로 눈을 치뜨고 매정하다 싶을 만큼 딱 잘라 말했다.

"내게 이대로 자네를 놔두고 가게 할 셈인가?"

이 말을 끝으로 남자는 일부러 냉정하게 고개를 돌려, 무너진 토담 위로 덩굴풀이 아름다운 새잎을 뻗어 늘어뜨린 모습을 그제야 발견한 듯 바라보았다.

이윽고 여자의 여태 간신히 참은 듯 몰래 흐느끼던 소리가 급기야 격한 오열로 바뀌었다….

그렇게 여자가 이별 이야기를 꺼낸 뒤에도 남자는 하

루도 안 거르고 여자 집을 찾아오며 이전과 전혀 다름없이 여자와 함께 지냈다. 하지만 점점 여자 집에서 남녀 하인들 수가 줄고 토담이 파손되고, 집안에 전해져 내려온 좋은 세간들까지 어느새 하나씩 사라지는 게 남자의 눈으로 봐도 언제까지고 모를 수가 없었다. 남자의 모습이 예전과 확연히 달라지고 전보다 한층 더 과묵해져 보인 건 그 뒤로 얼마 안 되어서였다. 하지만 남자는 겉모습만 그렇게 좀 변했을 뿐 여자를 정말 극진히 보살펴 주었다. 그럴 때마다 여자는 못 견디게 힘들어, 어찌해야 좋을지 이제는 그냥 생각하다가 지칠 지경이었다.

마침내 또 어느 날 저녁, 여자는 참기 힘든 듯 말했다.

"언제까지나 이렇게 저와 함께 있어 주는 건 제가 기뻐해야 할 일이지만 아무래도 그 이상으로 마음이 괴롭습니다. 저는 이렇게 당신 곁에 있어도 당신의 그 초라해진 모습은 차마 못 보겠어요. 또 요즘 당신은 저에게 숨기는데, 뭔가 생각하고 계신 거겠죠. 왜 그걸 제게 말해 주지 않나요?"

남자는 아무 말 없이 여자를 잠시 쳐다보았다.

"내가 자네에게 숨기는 게 있단 말인가?"

남자는 뭔가 말하기 곤란한 듯 말문을 열었다.

"자네 일에 상관 말고 내 일에만 신경을 쓰라니 나로선 너무 답답하네. 나도 이제 조금만 더 있으면 어떻게든 되겠지. 그럼 자네 하나쯤은 그럭저럭 거둘 수 있네. 그때까지, 지금 좀 참아 주게."

남자는 이렇게 말하며 자못 애처로운 눈빛으로 여자를 한참 쳐다보았다. 하지만 여자는 어느새 소매에 얼굴을 묻고 울고 있었다. 남자는 여자의 물결치는 검은 머리를 물끄러미 쳐다보았다. 이후 자신도 급히 눈길을 거두고 돌연 소매를 얼굴로 가져갔다.

남자가 여자 집에서 자취를 감춘 건 그로부터 며칠 안되어서였다.

2

남자가 말없이 갑자기 떠나 버린 뒤에도 여자는 여전히 남자를 기다리며 하인 몇을 데리고 의지할 데 없이 외롭게 살고 있었다. 하지만 그 후로 남자에게서는 한 번도 소식이 없었다. 여자로서는 그게 자신도 원하던 바였지만 못 견디게 불안했다. 기다림의 고통. 무엇도 그 마음을 달래 주지 못했다. 하지만 여자는 그런대로 그 속에서 만족감을 느끼게 되었다. 하지만 아무리 지나도 남자가 돌아올 가망이 없다는 걸 알게 되었을 때는 얼마 안 남은 하인들마저 누가 먼저라고 할 것도 없이 휴가를 얻어 모두 뿔뿔이 떠나 버리고 없었다.

일 년쯤 지나자 여자 곁에는 이제 아이 한 명뿐이었다. 그동안 사랑채는 흔적도 없이 사라졌고, 마당 안쪽에 심어 놓은 오래된 소나무는 언제 누가 베어 가 풀들만 무성하게 나 있고, 어느새 덩굴풀이 휘감은 문은 더 이상 못 열게 되어 버렸다. 그리고 토담이 점점 더 심하게 무너져, 가끔 꽃을 손에 든 아이가 맨발로 지금은 그곳으로 제멋대로 드나드는 모양이었다.

반쯤 기울어진 서쪽 별채 끝에서 간신히 비와 이슬을 피하며 여자는 그래도 꼼짝 않고 누군가를 계속 기다렸다.

마지막까지 남아 있던 아이마저 결국 어딘가로 떠나 버린 자리에는 이미 한쪽이 무너지고 남은 동쪽 별채의 반대편 한구석에, 최근 시골에서 올라온 나이 든 한 비구니가 달리 갈 곳이 없는지 살고 있었다. 비구니는 예전에

눈 위의 발자국

이 저택에서 부리던 하인의 친척이었다. 그래서 비구니는 이 여자를 딱하게 여겨 가끔 다른 집에서 받아 온 과자며 음식 등을 가져다주었다. 하지만 요즈음은 이제 여자에게 끼니도 잇기 힘든 날이 많아졌다. 그런데도 여전히 여자는 그곳을 떠나지 않고 누군가를 계속 기다리는 일을 멈추지 않았다.

'그분만 행복하게 해 주신다면 나는 이대로 허망하게 죽어도 상관없어.'

이런 생각을 할 수 있어 여자는 아직 불행하진 않았다.

남자에게는 그 한두 해의 세월이 눈 깜짝할 사이에 지나가 버렸다.

그동안 남자는 하루도 전처를 잊은 적이 없다. 하지만 궁중 일이 바쁜 데다, 새로 다니게 된 이요伊豫 고을 장관의 딸 집에서 함께 지내며 보살핌을 받고 있어, 속 깊은 남자였던 만큼 그들을 배신하지 않으려고 남자는 가능한 한 전처의 집과 멀리 떨어져, 마음에 걸리기는 해도 소식마저 끊고 있었다.

처음에는 그래도 남자는 남들 눈에 띄지 않게 일부러

해 질 녘을 택해 전처가 있는 니시노쿄 쪽으로 몇 번 갔었다. 하지만 아침저녁 자신이 다니던 골목에 가까워지자, 불현듯 무언가에 저지당하는 기분이 들어 남자는 그대로 다시 돌아왔다. 남자는 이런 일로 마음에도 없이 여자와 이별해야 할 운명을 생각했다.

하지만 그대로 여자를 안 보고 세월이 흘러 이제 잊어버릴 법도 한데, 어쩌다 그 여자를 떠올리면 여자가 얼굴을 소매에 묻고 쓸쓸하게 고개 숙여 우는 모습이 예전보다 더 선명하게 떠올라 참을 수 없었다. 그러다 결국에는 여자가 그러고 있을 때의 숨결이며 부드러운 옷 스치는 소리마저 생생하게 되살아났다.

그해 봄이 거의 끝나 갈 어느 날 저녁, 남자는 결국 여자에 대한 그리움을 못 참겠는지 큰맘을 먹고 니시노쿄 쪽으로 나갔다.

그 근처에는 골목길의 양쪽 토담이 곳곳이 무너져 쑥이 무성하게 자라 있었다. 사람이 살지 않는 폐가가 많은 곳이었다. 예전에 다니던 여인 집의 근처까지 겨우 가서 보고 오는데 다 쓰러져 가는 문에는 덩굴풀이 새잎으로 무성하고, 덤불 속에는 황매화가 어지럽게 만발해 있었다.

'이렇게 황폐한 걸 보면 이제 아무도 여기에는 없겠군.'

남자는 마음속으로 이런 생각을 했다.

아마 다른 사내가 그 여자를 찾아내 다른 곳으로 데려 갔으리라 여기고 단념하자, 그녀에 대한 그리움이 한층 더 절실해져 그냥은 못 떠나겠는지 남자는 여전히 주위를 서성거렸다. 그런데 무너진 토담 한군데가 아이가 딛고 다녔는지 사람이 지나갈 만한 구멍이 나 있었다. 남자는 아무 생각 없이 그 안으로 기어 들어가 보았다. 원래 몇 그루 되던 커다란 소나무는 대부분 베여 쓰러지고 지금은 풀들만 무성하게 나 있었다. 오래된 연못 주위로는 온통 황매화가 만발하고, 더 맞은편의 절반쯤 기운 서쪽 별채 위로 마침 초저녁달이 걸려 있는 모습이 그제야 남자의 눈에 띄었다.

별채 쪽은 깜깜하고 인기척이 없었다. 그래도 남자는 그쪽을 향해 여자의 이름을 불러보았다. 물론 아무 대답도 없었다. 그러자 여자에 대한 그리움이 더 간절해진 남자는 소매에 걸린 거미줄을 떨쳐 내며 황매화 수풀 속을 헤치고 나아갔다. 남자는 다시 한번 덧없이 여자의 이름을 불렀다. 바로 그때 뜻밖에도 반대편 별채에서 희미하게 불빛이 새어 나오는 걸 발견했다. 남자는 가슴이 미어지는 걸 느끼며 풀숲을 헤치고 그쪽으로 더 다가가 여자의 이름을 마지막으로 불러 보았다. 대답이 없는 건 여전했다. 남자는 풀 속에서 그곳에는 한 비구니가 살고 있다는 사실을 확인하고, 고개를 떨군 채 원래 왔던 길로 되돌아갔다. 이제 더 이상 옛 여자와는 만날 수 없다고 체념하자, 그전까지 괴로울 만큼 가득했던 여자에 대한 그리움이 돌연 이루 말할 수 없는, 대부분 좋은 옛 추억으로 바뀌었다….

반쯤 기운 서쪽 별채의 부서진 여닫이문 뒤로, 그날 저녁에도 여자는 낮부터 하늘에 희미하게 걸려 있는 가느다란 달을 멍하니 바라보다가, 어느새 어둠 속으로 사라져 거의 있는지도 모르게 누워 있었다.

그러다 여자는 문득 이상한 느낌이 들어 몸을 일으켰다. 어디선가 자신의 이름을 부른 듯했다. 여자는 전혀 놀라지 않았다. 그 소리는 여태까지 몇 번이나 헛들은 남자의 목소리였다. 그래서 그때도 마찬가지로 자신이 뭐에 홀린 듯 잘못 들은 소리라고 생각했다. 하지만 그러고

142   눈 위의 발자국

나서 그대로 몸을 일으켜 잠깐 있자, 이번에는 잘못 들었다고는 믿기지 않을 만큼 또렷하게 같은 목소리가 들렸다. 여자는 갑자기 놀라 손발이 얼어붙는 것만 같았다. 그래서 여자는 거의 정신없이, 서둘러 자신의 자그만 몸을 색바랜 검붉은 옷 속으로 감추는 수밖에 없었다.

여자는 자신이 볼품없이 여위어 한심스러운 모습으로 변했다는 걸 그제야 비로소 깨달은 듯했다. 설령 미리 알았던들 어찌하랴. 이제까지 거의 신경 쓰지 못한 본인의 비참한 모습을 그렇게 여태껏 오매불망하던 남자한테 보이기가 갑자기 두려웠던 거다. 그래서 여자는 아무 대답도 못 하고 그냥 숨죽이고 있을 수밖에 없던 자신의 운명을 생각하니 자기 자신이 안타까울 뿐이었다. 그 뒤로도 잠깐 연못가에서 풀숲을 돌아다니는 사람 소리가 들렸었다. 마지막으로 남자 목소리가 났을 때는 이미 여자가 있는 별채에서 멀어져, 맞은편 비구니가 묵는 별채 쪽으로 다가가는 듯했다. 이후로는 더 이상 아무 소리도 나지 않았다.

모든 게 사라져 버리고 말았다. 남자는 그곳에 있었다. 그곳에 있었던 게 확실하다. 그걸 여자에게 확인시켜 주기라도 하듯, 남자가 지나간 황매화 수풀 위로는 아직 거미줄이 뜯긴 채로 족족 늘어져 초저녁 달빛에 빛나고 있었다. 여자는 그대로 황폐한 마루 위에 언제까지고 엎드려 울었다….

3

그러고 나서 반년쯤 지났다.

오우미노쿠니*에서 어느 지방관의 아들이 숙직으로 교토로 올라와, 그 할머니 비구니가 지내는 곳에서 묵게 된 건 마침 가을이 끝날 무렵이었다.

그로부터 며칠 뒤 지방관의 아들이 이상하게 눈을 번뜩이며 말했다.

"어제저녁 맞은편 폐가에 땔감을 찾으러 갔다가 서쪽 별채 안으로 마침 석양이 잔뜩 비쳐, 찢어진 발 너머로 아직 젊은 여자가 혼자 아주 깊은 사색에 잠긴 듯 누워 있는 모습이 똑똑히 보이길래 나는 놀라 그길로 돌아왔

---

* 오우미노쿠니近江の国: 현재의 오사카 북동쪽.

눈 위의 발자국

는데, 그 사람은 누구일까요?"

비구니는 당황한 듯했지만 이미 들켜 버려 어쩔 수가 없어 그 여자의 불행한 처지를 말해 주었다. 지방관 아들은 너무나 딱하고 가여워 끝까지 귀 기울여 들었다.

"그분을 꼭 만나게 해 주세요."

아들은 다시 눈을 이상하게 번뜩이면서 시골내기다운 솔직함으로 말했다.

"그분도 저와 같은 마음이라면 제가 오우미近江로 돌아갈 때 함께 데려가 더 외롭게 지내지 않게 하려고요."

비구니는 그 말을 듣고 '뭐 이런 내 조카 같은 사람이.' 생각하고 넘기다가 그래도 조카의 말대로 여자도 그런 마음이라면 장래를 위해서도 도움이 되겠다 싶었다.

비구니는 약간 주저하면서도, 금세 조카의 제안을 여자한테 전하는 데 동의할 수밖에 없었다.

태풍이 부는 어느 날 아침, 비구니는 과자를 들고 여자의 처소로 찾아가, 평소처럼 색 바랜 옷을 들쓴 여자를 앞에 두고 위로하듯 말을 꺼냈다.

"당신은 왜 이러고 계속 있는 거요?"

그리고 또 이어 말했다.

"이런 말씀을 드리면 실례인 줄 알지만, 지금 저희 집에 오우미에서 조금 연고가 있는 댁의 자제분이 상경해 와 있는데, 그자가 당신의 처지를 알고는 꼭 고향으로 데려가고 싶다고 얼마나 간절히 부탁하는지. 어떠세요? 한 번 그자 말에 따르는 건. 그냥 이러고 있느니보다는 조금 더 낫다고 생각하온데."

여자는 제안에는 아무 대꾸도 하지 않고 공허하게 시선을 들어, 가끔 바람에 흩어지는 꽃핀 억새 위로 구름이 조각조각 끊겨 떠다니는 모습을 마음 쓰듯 바라보았다. 그러다 갑자기 뜻밖의 생각에 사로잡혔다.

'그래, 난 이제 그분은 못 만날 거야.'

여자는 난데없이 그 자리에 고개를 숙이고 엎드렸다.

밤중에 가끔 지방관의 아들이 활을 손에 들고, 여자가 사는 별채 주위를 개가 짖게 하면서 언제까지고 헤매게 된 건 그런 일이 있고 난 뒤였다. 밤새 찬바람이 싸리며 참억새 등을 흔들어 쓸쓸한 소리를 냈다. 어쩌다 소나기 한바탕 지나가는 소리가 그 소리와 한데 섞여 들리기도 했다. 아니면 지방관 아들이 가끔 자신의 두려움을 달래

눈 위의 발자국

러는지 풀숲을 여기저기 돌아다녔다⋯.

그런 날의 밤이면 여자는 여닫이문을 꼭 닫아걸고 등불도 켜지 않고, 몸 둘 곳조차 없는 듯 색 바랜 옷을 들쓴 채 안쪽에 가만히 틀어박혀 있었다. 이렇게 황폐한 집에서는 한쪽 깊숙한 곳에 가만히 있다 보면, 그대로 어떤 귀신이 끌고 가 버릴 것만 같아서 여자는 너무 무서워 거의 잠 못 이루는 일이 많았다.

가을비 내리던 어느 날 밤, 비구니는 여자 집에 찾아가 어느 때처럼 진지하게 이야기했다.

"정말 언제까지 옛 생각에 사로잡혀 있을 건가요?" 비구니는 새삼스레 탄식하듯 말했다. "그게 지금처럼만 지내도 그런대로 괜찮겠는데, 이런 저까지 혹여 이 일이 생긴다면 어쩔 작정인가요? 하지만 머지않아 그때가 오리라는 건 알고 있습지요."

여자는 며칠 전의 일을 떠올렸다. 며칠 전 비구니에게 그 이야기를 처음 꺼냈을 때 갑자기 깜짝 놀라며 '난 이제 그분은 못 만날 거야.' 하고 깨달았을 때 금방이라도 가슴이 미어지는 듯했다는 걸 떠올렸다. 그때부터 여자의 마음은 갑자기 약해졌다. 이전까지의 모든 강다짐은 결국 그건 언젠간 남자를 만날 수 있으리라는 생각에서 한 강다짐이었다. 여자는 이제 더 이상 이전의 여자가 아니었다.

그날 밤 비구니는 지방관 아들을 여자 집에 몰래 들어가게 했다.

그 뒤로 밤마다 지방관 아들은 여자 집을 다니기 시작했다.

여자는 이제 꼼짝없이 그런 사내한테 모든 걸 내맡길 수밖에 없게 되어 버린 자신의 처지가 왠지 싫고 끔찍해 도저히 견딜 수 없고 너무 분통하면서도, 그 사내를 계속 만나고 있었다.

가까스로 임기를 마치고 그해 초겨울에 오우미로 돌아갈 시기가 되었을 때 지방관 아들은 이 여자에게 푹 빠져 다정하게 지내다가 이제는 도저히 그대로 여자를 두고 갈 생각이 없어졌다.

여자는 남자가 강요하는 대로 교토를 떠나기가 정말 괴로웠지만, 지독히 불운한 자신의 과거에 굴복하지 않으려는 듯 자신의 운을 시험해 보려는 마음에서 지방관 아들을 따라 오우미로 내려갔다.

4

그러나 지방관 아들에게는 고향에 이삼 년 전에 맞이한 아내가 있었다. 그리하여 부모의 체면도 있어서 아들은 그 교토 여자를 정식적으로는 하녀로 데려가야 했다.

"조만간 또 나는 교토로 올라올 겁니다."

아들은 여자를 달래듯이 말했다. 그리고 이어 말했다.

"그때에는 꼭 아내로 데려갈 테니 그때까지만 참아 주구려."

여자는 그런 사정을 알고, 가슴이 찢어질 정도로 울고 또 울며 내내 눈물만 흘렸다. 모든 운명이 그러면서 한풀 꺾였다.

하지만 한 달이 지나고 두 달이 지나는 동안, 즉 거의 아무도 모르게 하녀로 시중을 들며 지내는 사이에(이러고 있는 현재의 자신이 그냥 본인으로서도 전혀 일면식 없는 사람인 듯 공허한 기분으로 나날을 보냈다. 여태껏 겪은 불행했던 과거를 본인도 망각한 듯) 그리고 또 거기에는 자신이 가로질러 온 처지만이, 태풍이 지나간 뒤에 초목 끝이 말라 볼품없이 변해 버린 광야처럼 어렴풋이 남아 있을 뿐이었다.

'차라리 이렇게 지내며 하녀로서 아무도 모르게 일생을 마치고 싶다.'

여자는 어느새 이런 생각까지 하게 되었다.

그런데 여자는 완전 불행한 사람이 되어 버렸다.

산 하나를 사이에 두었을 뿐인데 이쪽은 우듬지를 울리는 바람 소리가 교토보다 의외로 심했다. 밤새 울어 대며 호수 위를 건너는 기러기 또한 여자에게는 매일 밤을 결국 잠 못 이루게 하는 존재로 변해 버리고 말았다.

그 뒤로 몇 년이 지나 어느 해 가을날, 오우미노쿠니에 새로운 장관이 부임해 와 고을이 떠들썩했다.

지역 내 순시를 나온 오우미 장관 일행이 곳곳을 돌아다니다 지방관 저택이 있는 호수 근처 마을에 이르렀을 때는 마침 겨울로 접어들어 히라산比良山에는 벌써 눈이 조금 보이기 시작할 즈음이었다.

그날 해 질 녘, 언덕 위에 있는 그 저택에서는 장관이 지방관들을 상대로 술잔을 나누고 있었다.

저택 위로는 가끔 물떼새를 부르는 날카로운 소리가 짧게 들려왔다. 잎이 전부 떨어진 감나무가 서 있는 맞은편에는 마른 갈대 너머로, 아직 희미하게 밝은 호수 위가 고즈넉이 내다보였다.

장관은 조금 거나하게 취기를 띤 상태로, 지방관이 눈 많이 쌓인 고시* 지방에 내려가 있는 아들을 자랑하는 이야기를 들으면서, 네모난 나무 쟁반에 과자 등을 나르는 남녀 하인 중에 체구가 작은 한 여인을 눈여겨보고 유심히 계속 눈길을 주었다. 다른 하녀들과 마찬가지로, 머리를 위로 감아올리고 허름한 옷차림을 하고 있었지만, 그 여인은 어딘가 사연이 있는 듯 참으로 가엾어 보였다. 그녀를 처음 봤을 때부터 장관의 마음은 이상하게 흔들렸다.

연회가 끝날 무렵 장관은 심부름하는 아이 하나를 가까이 불러, 뭔가 슬쩍 귓속말을 했다.

그날 밤늦게 교토 여자는 지방관에게 불려갔다. 지방

---

*   고시越: 호쿠리쿠도北陸道의 옛 이름.

관은 여자에게 예복 한 벌을 건네며 머리를 빗고 잘 화장하도록 분부했다. 여자는 무슨 영문인지 알 수 없었지만 시키는 대로 하고 다시 지방관 앞에 나갔다.

지방관은 여자의 예복 입은 모습을 보자, 옆에 있던 아내를 돌아보며 기분 좋게 이렇게 말했다.

"과연 교토 여인이로군. 화장시키니 몰라볼 정도로 고와졌구려."

그리고 나서 여자는 지방관과 함께 객사 쪽으로 갔다. 여자는 그제야 사정이 이해되면서도, 말없이 지방관 뒤를 따라가며 뭔가 강한 힘에 끌리는 공허한 자신을 발견했다.

장관 앞으로 가자, 어슴푸레한 불빛에 등을 돌린 채 여자는 얼굴에 소매를 가져다 대며 웅크리고 앉았다.

"자네는 교토에서 왔다던데?"

장관은 자리에 움츠리고 앉은 여자의 뒷모습을 안타깝게 바라보며 위로하듯 물었다.

"…"

여자는 하지만 아무런 대답도 하지 않았다.

그리고 여자는 몇 해 전 일을 떠올렸다. 몇 해 전에는,

눈 위의 발자국

시골에서 상경한 알지도 못하는 사내에게 몸을 맡기고 교토를 떠나야 했던 자신이 스스로 생각해도 너무 가엾었다. 그리고 그때는 상대편 사내나 누구에게도 멸시당하기 일쑤였다. 그런데 이번은 그 상대가 오히려 대단한 분이니만큼, 그런 상대가 말하는 대로 하려고 하는 자기 자신이 왠지 스스로 생각해도 조롱당하는 듯하고—또 아무리 상대한테 멸시받아도 별수 없는—공연히 쓸쓸한 기분마저 들었다. 여자의 입장에서 보면, 이렇게 남들 눈에 띄기보다는 여태껏 그러했듯 아무도 모르게 하녀로 덧없이 묻혀 지내는 게 얼마나 더 나은 삶인지 미처 몰랐다….

"나는 자네를 어디서 본 듯 이상하게도 신경이 쓰이는구나."

남자는 차분하게 말했다.

남자가 무슨 말을 해도 여자는 여전히 소매를 얼굴에 가져다 대고 고개만 절레절레 저었다.

저택 밖에서 마침 호수의 물결치는 소리가 희미하게 들려왔다.

이튿날 밤에도 여자는 장관 앞에 불려가, 결국 몸 둘 바를 모르겠다는 듯 가냘픈 소매를 얼굴에 대고 그 자리에 웅크리고 앉아 있었다. 여자는 여전히 한마디도 하지 않았다.

　밤새 차가운 겨울바람이 뒷산을 에워싸고 있었다. 바람이 멈추자 호수의 물결치는 소리가 어젯밤보다 훨씬 더 선명하게 들려왔다. 이따금 멀리서 물떼새 같은 소리가 그 속에 뒤섞이기도 했다. 장관은 위로하듯 여자를 품에 꼭 안으며, 그렇게 쓸쓸한 바람 소리를 듣다가 문득 자신이 젊었을 적 병위부 차관으로 일하던 시절에 밤마다 다니던 어느 여인의 모습이 머릿속에 또렷이 떠올랐다. 남자는 갑자기 가슴이 두근거렸다.

　"아니, 내 마음이 혼란스럽군."

　남자는 마음이 진정되기를 기다렸다.

　갑자기 남자의 얼굴에서 눈물이 하염없이 흘러내려 여자의 머리 위로 떨어졌다. 여자는 남자가 울고 있다는 걸 알고 아무리 생각해도 이상하여, 자그만 얼굴을 그제야 남자 쪽으로 들었다.

　남자는 여자와 무심코 눈이 마주치자, 갑자기 정신 나

간 듯 여자를 와락 껴안았다.

"역시 자네였는가!"

여자는 그 말을 들었을 때 뭔가 가냘프게 외치며 남자의 팔에서 벗어나려 했다. 온 힘을 다해 피하려 했다.

"나라는 걸 알았소?"

남자는 여자를 꼭 끌어안은 채 떨리는 목소리로 말했다.

여자는 옷 스치는 소리를 내며 더 필사적으로 벗어나려 했다. 그런데 갑자기 무심코 소리쳤을 뿐 남자에게 몸을 맡기고 말았다.

남자는 황급히 여자를 안아 일으켰다. 하지만 여자의 손과 닿자 남자는 더욱더 당황하지 않을 수 없었다.

"정신 똑바로 차리게."

남자는 여자의 등을 쓰다듬으며 이제야 본인에게 돌아온 여자, 즉 이 여인만큼 자신과 친밀하고 또 이처럼 소중한 사람은 없으리라는 걸 마음속 깊이 사무치게 확실히 알게 되었다. 그래서 이 불행한 여인, 전 남편을 스쳐지나가는 남자라 믿고 어쩌다 맺은 사내에게 몸을 내맡기듯 체념하고 몸을 내맡겼던 이 비참한 여인, 이 여인이

야말로 세상에서 자신이 우연히 만난 유일한 행운이라는
걸 비로소 깨달았다.

하지만 여자는 괴로운 듯 남자에게 안긴 채, 눈을 한
번 크게 떠 남자의 얼굴을 의아하다는 표정으로 쳐다봤
을 뿐 점점 사색이 되었다….

눈 위의 발자국

고향
향
사
람

ふるさとびと

1

 오에후가 아직 스무 살인가 하던 그쯤에, 이미 남편과
헤어져 어린아이를 하나 데리고 친정 부모님과 함께 살
게 된 와카사레* 마을은 그 무렵 볼품없는 한촌이었다.
 아사마네고시浅間根腰에 위치한 역참 중 하나로, 와해되
기 전의 번영했던 모습과는 반대로 지금은 비바람을 그
대로 맞는 벌판의 한가운데에, 마치 역참 같은 구조의 커
다란 2층 건물로 지어진 집이 겨우 서른 채 정도 산재해

---

* 와카사레分去れ: 그 이름에서 알 수 있듯 나카센도길中山道과 홋코쿠가도北国街道가
두 개로 갈라지는 지점으로 '와카사레(갈림길)'라고 한다. 또한 '오이와케追分', '시나
노오이와케信濃追分'라고도 한다. 오이와케 역참追分宿은 나카센도길의 역참에서는
해발고도가 가장 높으며 약 천 미터에 위치하고 있다. 에도시대에 오이와케· 가루
이자와軽井沢·구쓰카케沓掛宿가 '아사마네고시浅間根腰의 3대 역참'으로 불렸으며,
특히 홋코쿠 가도의 분기점에 위치하는 오이와케 역참은 참근 교대(각 번의 다이묘大
名(제후)를 정기적으로 에도를 오고 가게 함으로써 각 번에 재정적 부담을 가하고, 볼모를 잡아 두기
위한 에도 막부의 제도)를 하는 다이묘나 젠코사善光寺에 참배를 위해 찾아온 여행자
등으로 매우 떠들썩했다.

눈 위의 발자국

있을 뿐이었다. 게다가 그중에는 절반이 폐옥으로 변하면서 여전히 사람들이 살고 있는 집도 있지만 정말 이제는 사람이 안 살게 되었고, 부서진 마루 밑을 물만 원래대로 얕은 여울 소리를 내며 흐르는 집도 섞여 있었다.

마을 서쪽 변두리에는 제후들도 말을 타고 가다가 내렸다는, 동자주로 세운 돌기둥이 아직 조금 남아 있다.

바로 약간 앞쪽 부근에서 큰길이 둘로 갈라진다. 하나는 홋코쿠* 가도로 그대로 숲속으로 이어지고, 또 다른 하나는 멀리 야쓰가타케산八ヶ岳 기슭까지 펼쳐져 있는 사쿠佐久의 평지를 내려다보면서 나카센도길**을 이루며 나지막해진다. 그 근처가 이 마을을 인상 깊게 만들어주는 '와카사레'다.

와카사레 부근에는 아직도 옛날의 소나무 가로수 같은 게 남아 있고 공양탑도 몇 개가 서 있다. 맑은 가을날이면, 희미하게 연기를 피우고 있는 화산을 멍하니 바라보면서 가난한 나그네 같은 이가 그곳에서 쉬는 모습을 지

---

* 홋코쿠北國: 호쿠리쿠北陸의 옛 명칭으로 호쿠리쿠 지방은 현재의 도야마, 이시카와, 후쿠이, 니가타 지방을 가리킨다.
** 나카센도길中山道: 교토에서 중부 지방의 산악부를 거쳐 에도에 이른다.

금도 가끔 보는 일이 있었다.

오에후가 태어난 집, 모란옥은 원래는 이 공적 역참 숙소로 지정된 여관이었다. 모든 걸 옛날식으로 만들어 2층은 으리으리한 격자창으로 되어 있고, 처마 끝으로 돌출한 목각 청룡에는 아직까지도 오래된 은은한 빛깔이 어딘가 모르게 희미하게 남아 있었다….

오에후 가족은 어릴 때부터 이 고향집을 떠나 있었다. 원래 오에후의 아버지 소헤이草平라는 사람은, 같은 군이긴 해도 여기서 오십 리쯤 떨어진 어느 마을의 아카야시키赤屋敷라는 구가舊家의 출신으로, 모란옥과는 혈족이었지만 이 마을 사람은 아니었다. 하지만 메이지 시대 초기 즈음에 모란옥의 주인이 아직 어린아이를 남기고 세상을 떠나자, 후견인에게 맡겨져, 뿔뿔이 되고 나서도 몇 번이나 더 도산할뻔한 그 가족을 인수하게 되었다. 하지만 모란옥은—그보다 이 오래된 숙소 전체가 결국 유지될 수 없게 되었을 뿐이었다—그곳으로 가는 철도가 생겼다. 하지만 마을에는 들르지 않고 그냥 지나쳤다. 오에후의 아버지 소헤이는 자신이 떠맡은 모란옥을 두 눈 뻔히 뜨고 그대로 무너지게 놔둘 때가 아니라고 생각했다. 그래서 자기 혼자만의 생각으로 이웃 마을의 벌판 한가운데에 생긴 정거장 앞으로, 솔선해서 모란옥 뒤편에 있던 마구간을 그대로 옮겼다. 그리고 그곳에서 메밀국수를 팔며 기차 도시락을 독점으로 제공했다. 그게 완전히 맞아떨어지면서 모란옥은 서서히 일어나기 시작했다.

오후에와 남동생 고로五郎는 그 역 앞에 생긴 새 가게에서, 무릎께를 끈으로 묶어 아랫도리를 가든하게 한 치마바지 차림으로, 옛길 쪽의 사찰을 학교 건물로 한 초등학교에 다녔다.

그곳 마을도 마을이고, 그때까지는 다른 역참과 똑같은 운명을 거쳐 심하게 쇠퇴하여 볼품없는 하나의 오래된 역참으로 전락해 있었다. 그런데 마을 내에 정거장이 생기는 시기를 전후로 하여 그곳 일대의 풍물이 얼마 전부터 일본 각지에서 여름을 보낼 고원을 찾고 있던 외국인 선교사들의 눈에 들어, 여름철에만 그곳에 어느새 색다른 부락이 생기게 되었다.

오에후는 동생과 사찰 초등학교에 다니면서 그런 마을의 급격한 변화를, 이를테면 마을의 여기저기에 홍각을 칠한 오두막집이 갑자기 들어서고, 상추와 양배추 등을 심은 밭이 생겨나고 또 그 근처에 소와 양을 키우는 울짱 등이 생겨나는 모습을, 뭔가 눈이 휘둥그레지게 만드는 놀라움과 일종의 동경심마저 갖고 지켜보고 있었다. 하지만 그것도 여름 동안만 그렇고, 겨울이 되면 오에후는 다시 또 정말 산중의 처녀다운 처녀로 돌아왔다.

오에후가 혼기가 차자, 마을에 있는 스타鳴호텔로부터 갑자기 맏아들과의 혼인을 간곡히 제안해 왔다.

대체로 스타호텔이라면 이미 그 무렵은 마을 북쪽에 있는 숲속에서 자못 산중 호텔다운 모습을 갖추고 있긴 했지만, 바로 그 이전까지는 옛길의 중간쯤에 있었던 아주 작은 스타야鳴屋라는 여관이었다. 소싯적 마을을 뛰쳐나와, 시즈오카靜岡 근처에서 전도사를 하고 있던 지금 주인의 경작 일은, 요즘 자신의 고향이 외국인들이 많이 모여드는 피서지로 개발되고 있다는 걸 알고 나서는 이런 일로 처자식을 거느리면서 허둥지둥하기보다는 낫겠다고 생각해, 자신의 집으로 돌아와 그곳에서 일요학교를 열고, 또 한편으로는 영어를 조금 할 줄 알아 통역 일을 하

눈 위의 발자국

고 있었다. 그러다가 아는 외국인들이 부탁해 자신의 집에서도 두세 명이 묵게 되었고, 그 손님들이 이런저런 것들을 가르쳐 주어 다다미 위에 꽃 모양의 휘갑친 돗자리를 깔거나 새끼줄로 침대를 짜는 방법을 배우면서 점점 호텔다운 모습을 갖춰나가기 시작했다.

그러는 동안에 좋은 후원자를 찾았다. 독일인 과부로, 두세 번 묵으러 왔다가 이 마을이 매우 마음에 들어, 열의를 가지고 호텔을 해 볼 의향이 있다면 돈을 대 주겠으니 여기에 좀 더 좋은 호텔을 짓는 게 어떻겠냐고 상대쪽에서 말을 꺼냈다. 그래서 그 독일 부인의 제안으로 마을 북쪽에 있는 작은 숲속에 장소를 택해 거기에다 어쨌든 그렇게 호텔다운 건물을 세울 수 있었다. 그리고 또 그 뒤로 몇 년 동안 꾸준히 발전하여 머지않아 공적 역참 숙소로 시작한 호텔들을 능가해 마을에서 일류 호텔이 되어 있었다.

그냥 그렇게 장사 방면에서는 가장 형편이 나쁘지 않은 호텔이 되어 있었다. 하지만 이 좁은 산속 마을, 특히 가문이 오래된 집안을 말하는 이 마을에서는, 아무리 해도 스타야 일가는 가문이 좋지 않았다. 동종 일을 하는 공적 역참 숙소와는 여러 점에서 도저히 맞겨룰 수가 없었다…. 그래서 맏아들의 아내로 모란당의 오에후가 가장 먼저 선택을 받았다. 모란당이라고 하면 이제는 예전만큼 행세를 못 하지만, 이웃 마을의 공적 역참 숙소와 견줄 만했다. 그리고 오에후의 아버지 소헤이는 비록 종가 집안은 아니지만 여러모로 모란당과 마을을 위해 애써온 사람으로, 이제는 더 이상 밀리지 않는 그 마을의 유명인사 역할을 하고 있었다.

오에후가 부모님의 뜻에 따라 스타호텔로 시집온 건 메이지 시대 말, 그녀가 열아홉 살 때 봄이었다….

결혼한 지 일 년. 오에후는 첫 번째로 생긴 아이 하쓰에初枝를 낳으러 어머니 곁으로 왔다가 그대로 한사코 다시 호텔로 돌아가려 하지 않았다. 이유는 아무것도 말하지 않았다. 이유를 말한들 아무도 이해해 주지 않을 것 같아 더 말하지 않으려고 굳게 결심한 눈치였다….

오에후는 그동안과는 다르게 억척스러운 여자로 돌변했다. 누가 무슨 말을 해도 아무렇지 않아 보였고, 또 가게 앞에서 등에 업은 하쓰에를 어르는 오에후의 모습은 정말이지 태평스러워 보였다.

그렇게 오에후의 아버지가 이제까지 돌봐 웬만큼 키운 역 앞의 가게를 이제 성인이 된 종가의 후계자에게 물려주고, 그 대신 이웃 마을에 있는 원래의 모란옥에 은거하게 되었을 때, 오에후도 하쓰에를 데리고 그리로 함께 갔다. 그러고 나서 그길로 결국 호텔로는 돌아가지 않았다.

동생 고로는 그 일을 기회로 도쿄로 나갔다.

오에후는 하쓰에를 겨우 품에서 떼어 놓을 수 있게 되었을 즈음, 호텔에서는 구사쓰草津에 있는 유명한 온천 여관으로부터 그곳의 평판 자자한 아가씨를 며느리로 삼았다는 소문을 들었다.

하지만 그로부터 겨우 일 년도 채 안 되어 그 며느리 역시 파경에 이르게 되었다는 사실을 알고, 오에후는 더이상 아무것도 생각지 않게 되었다. 일단 체념하니 이렇게나 마음이 강해지는 걸까, 하고 생각들 정도로 그녀는 완전히 현재 상황에 만족하고 있는 듯도 했다. 그리고 근처의 마을 여인들과 마찬가지로 외양에 개의치 않는 모습이었지만, 역시 어딘가 기품이 있어 그게 오히려 그녀의 주위에 일말의 쓸쓸함을 감돌게 한 적은 있다. 하지만 그런 일에도 무관심한 듯 자못 아무렇지 않아 하는 오에후에게는, 참 불행한 여인이라고는 사람들이 말할 수 없게 하는 것이 있었다.

이곳 구 모란옥은 이미 오랫동안 폐업 상태나 마찬가지였지만, 오에후네가 이사를 온 뒤로 여름철에 사람들이 부탁해 학생을 두세 명 맡다가, 그 뒤로 계속해서 전해 듣고 여름방학이 되면 학생들이 고리짝에 책을 잔뜩 담아 공부를 하러 오기 시작했다. 그러다가 마을 남쪽에 있는 골짜기에 여름 한 철만 이용하는 임시정거장이 생겨났고, 낡고 오래된 승합마차 한 대로, 솔밭 한가운데를 벌목해 만든 길을 지나 그곳과 숙소 사이를 왕복하게 되었다.

오에후는 그해 여름 동안 학생들을 혼자 도맡아 돌보며 소녀 등을 상대로, 옛날의 자신으로 다시 돌아간 듯 빨간 멜빵 차림으로 아가씨처럼 부지런히 일했다. 나이보다 훨씬 젊어 보이는 오에후의 미모는 학생들 사이에서 여러 가지로 소문의 불씨가 되고 있었다. 하지만 오에후는 그런 일에는 어느새 개의치 않고, 옷차림에도 상관없이 일만 했다. 그래서 여름철에만 일손을 도와주러 와 있는 동생 고로든 아무 누구와 뭔가 그냥 말할 때도 이 사람이 그 오에후가 맞나 싶을 정도로 생기발랄한 말투로 말했다.

　어느 여름의 중순이었다. 오에후가 소녀와 개수대에서 함께 일을 하다가, 마침 볕이 한창 내리쬐는데 아까부터 인적이 끊겼던 큰길 쪽에 갑자기 사람 그림자가 있다는 걸 알았다. 살펴보니 미무라三村 씨의 부인과 딸 나오코菜穂子 그리고 또 한 사람, 본 적 없는 키가 크고 지쳐 보이는 마른 사내 이렇게 셋이 함께였다. 미무라 부인은 양산 속에서 오에후와 언뜻 눈을 마주치자, 뭔가 들키고 싶지 않은 듯 말없이 가볍게 인사를 하고는 쓱 지나갔다. 오에후는 그런 부인의 모습에 뭔가 이상한 느낌을 받았다. 그때 그 동행했던 키 큰 남자는 나오코와 나란히 집 앞에 멈추어 서서 처마 끝으로 돌출한 용 조각을 눈이 부신 듯 올려다보고 있었다. 그런데 문득 집 안에서 부인과 인사를 나눈 오에후의 모습에 시선을 멈추더니, 뭔가 뜻밖이라는 시선으로 그녀 쪽을 힐끗 쳐다보았다. 하지만 그대로 나오코가 무슨 말을 하자 다시 한번 집 쪽으로 고개를 들며 그곳을 떠났다.

이런 산간 지방에는 이런 여인도 있나? 그 사람의 눈빛은 그렇게 말하고 있었다. 오에후는 자신을 그렇게 날카로운 시선으로 남들이 이제까지 한 번도 쳐다본 적이 없어 보였다.

2

그런 오에후는 이후에 몇 년이 지나도 그맘때 그대로의 오후에로 있었다. 그렇게 산중에서 자꾸 나이를 먹어 가는 일조차 전혀 마음에 걸리지 않는 듯 언제나 아무렇지 않게 지냈고, 그러면서 오에후는 신기하게 언제까지나 젊고 아름다웠다.

하지만 오에후가 짊어진 운명은 그뿐만이 아니었다.

딸 하쓰에가 열두 살 되던 해의 겨울, 마을의 초등학교로 가는 길에 얼어붙은 눈 위에서 누군가가 밀어 넘어졌는데 그 일이 있은 뒤로 척수병을 앓게 되었다.

일 년이 지나고 이 년이 지나도 병세는 전혀 좋아지지 않았다. 결국 우에다上田에 있는 병원에 입원시켜 싫어하는 걸 억지로 수술을 받게 했지만 결과는 신통치 않았

다. 게다가 하쓰에는 자기 병에 겁을 집어먹고 이내 완전
히 자리를 보전하고 누워 버렸다.

오에후는 자기 딸이 눈을 멀뚱멀뚱 뜨고 그렇게 폐인처
럼 변해 가는 모습을 자신의 힘으로는 어쩔 수 없음을
그제야 똑똑히 알게 되었다.

그로부터 이삼 년 동안이지만 오에후의 걱정은 이만저
만이 아니었으리라. 하지만 겉보기에 오에후는 변함없이
그대로였다.

그해 봄 즈음, 도쿄에서 돌아온 동생 고로는 겨우겨우
마을에 자리를 잡게 되었지만, 전혀 가업에 열중하지 못
하고 여름이면 학생들을 불러내 고모로小諸에 술을 먹으
러 갔고, 겨울은 겨울대로 사냥에 빠져 잭이라는 개를 데
리고 나가, 어디로 사냥을 하러 가는지 이틀이고 사흘이
고 돌아오지 않기도 했다.

"으음, 저 녀석은 집에 붙어 있으려고는 생각도 안 해.
젊을 때야 마음대로 하는 게 좋겠지."

노인은 늘 어쩔 도리가 없다는 표정으로 말하곤 했다.

그대로 그해 겨울도 모든 게 꽁꽁 얼어붙을 듯한 추위

속에 지나갔다.

그 이듬해. 뭔가 어두운 그림자가 집 전체를 뒤덮기 시작했다는 건 감출 수가 없었다.

그해 가을이 되고부터였다. 오에후가 있는 곳으로 가끔 도쿄로부터 편지가 왔다. 오에후는 흔히 어딘가 아무도 안 보이는 곳으로 가서 혼자 그 편지를 읽고 오면, 그 뒤로 한동안은 쓸쓸한 표정을 지었다.

'어차피 살 수 있어도 온전한 몸이 못 될 정도라면 차라리 이 딸아이도 죽어 준다면…'

오에후는 그렇게 마음 한편으로 생각하기도 한다. 문득 뭔가 희망 같은 게 희미하게 샘솟는다.

몇 번이나 산에 눈이 오고 기슭의 마을에도 이윽고 눈이 찾아올 무렵, 하쓰에의 상태가 좋지 않은 날이 계속되었다. 그때까지 뭔가 다른 일에 정신이 팔려 있는 듯 보이던 오에후는 갑자기 정신이 든 양 하쓰에를 간호하는 일에 열중하게 되었다.

'이 딸아이는 요즘 계속 혼자서 괴로워하고 있었던 거야. 뭔가 말하고 싶은 듯 언제나 큰 눈망울로 계속 나를

바라보고 있었는데, 하고 싶은 말조차 할 수 없었던 거지…. 나는 좀 더 그 곁에 앉아 있었어야 했어…'

이렇게 생각하자, 혼자만의 생각에 빠져 있던 요즈음의 자신이 괜히 후회스러웠다.

오에후는 이제 모든 걸 포기했다. 하쓰에를 위해 자신의 전부를 버리려 했다. 하지만 그런 자신이 필시 비참해 보이겠지, 하고 문득 자신을 돌아봤을 때 오에후는 거기서 본래 그대로의 자신을 발견했을 뿐이었다.

어느덧 겨울이다. 새벽녘, 날이 채 밝기 전에 사냥을 하러 나가 고로는 날이 저물어도 돌아오지 않는 일이 많았다. 날이 어두워 돌아오더라도 아무 말 없이 사냥감을 던져놓고, 마룻바닥을 사각형으로 파고 만든 난로에 신발을 신은 채로 들어가서 언제까지고 혼자, 얼어붙은 몸을 녹이고 있었다. 그사이 어둑어둑한 토방에서는 잭의 하얀 모습만 무심히 꿈틀거릴 뿐이었다….

　노인은 가끔 이 옛 역참을 구경하러 찾아오는 산 좋아
하는 여행자라도 있으면, 그 손님을 상대로, 젊은 시절부
터 보아 온 이 마을의 달라진 모습을 이래저래 생각해 내
밤이 깊어 가는 줄도 모르고 이야기해 주었다.

　그 무렵은 아직 어디에도 지금 같은 관유림이 조성되
지 않은데다 기껏해야 소나무만 드문드문 서 있어 마을
에서 화산의 끝자락은 한눈에 내다보였다.

　　　날려 버린 돌마저 아사마浅間의 태풍이려나*

　이렇게 옛사람이 읊은 표현대로, 옛날 불에 달구어져
뿜어져 나온 돌들이 여기저기 풀 속에서 보이는, 끝없는
들판이 이 마을을 지나는 나그네 발치까지 쫓아와, 쳐다
보았더니 뜻밖에 그곳에 화산의 화구가 갈기갈기 찢어져
연기를 날려 보내고 있었다….

---

*　해석: 아사마의 기슭을 갔더니 바로 그때 거센 태풍에 아사마산浅間山의 돌멩이까
　지 날아가 버렸다. 과연 아사마산의 태풍은 대단하다.

그런 태풍 불던 예전의 마을 모습을, 노인은 이렇게 말해 줄 때면 언제나 기꺼이 떠올리는 듯했다.

그 노인이 평생 자신이 애써 해 온 모든 일은 대부분 잊고, 오직 그렇게 태풍 불던 날의 모습만 자기 앞에 떠올리며 한 달쯤 걱정만 하다가 세상을 떠났을 때는 아직 그러한 겨울이 물러가기 전이었다.

노인이 죽은 뒤, 뜻하지 않은 어려움이 오에후네 앞에 생겼다. 노인한테 구모란옥을 맡긴 일은 노인이 살아 있을 동안만 하기로 한 약속이었다고 종가 쪽에서 말을 꺼냈던 거다. 그 말은 오에후네에게는 아닌 밤중에 홍두깨였다. 종가의 후계자와 노인 사이에 어떤 약속이 있었는지 아무도 그에 대해선 알지 못했다—그러나 오에후네 입장에서는 이쪽 모란옥은 자기들 소유라고 굳게 믿고 있었다, 그게 당연한 이치라고 여기고 있었다—하지만 종가에서 막상 그렇게 말을 꺼내고 보니, 아무래도 구두로만 한 약속이라 어쩔 도리가 없었다. 결국 어느 쪽이 더 유리하다고 할 것도 없이 분쟁은 언제 끝날지도 알 수 없었다….

그런 와중에, 고로는 원래 고모로에서 연예계에 몸담

고 있으면서, 2년쯤 전부터 건강이 조금 좋지 않아 도쿄에 와 있던 오시게라는 여자를 아내로 삼았다. 오시게가 고모로에 있을 때부터 한 약속이었다는 사실을 노인에게는 숨기고 있었던 거다. 오에후네는 그걸 어렴풋이 알고 있었기에 이번 일에도 아무런 언급은 없었지만, 상황이 상황이니만큼 난처해졌다고 생각했다.

오시게는 하지만 그런 일을 생업으로 하는 여인들과는 달리 정말 심성이 고운 여자였다. 이제 몸도 완전히 좋아져, 모란옥에 온 날 이후로는 치마바지 차림으로 오에후와 함께 일했다. 이런 깊은 산속에서 이렇게 외양 따위에 개의치 않고 일하는 편이 이 도쿄 여인에게는 오히려 아무런 잔걱정도 없고 나을 듯했다.

오에후네도 그 모습을 보고 자기도 모르게 안심했다.

다만 이제부터 모두가 유일하게 부탁하려 했던 고로가 그해 장마가 시작되기 전부터 갑자기 다리를 앓기 시작했다. 류머티즘이라는 진단을 받았다. 하지만 어쨌든 요 이삼 년 내내 눈 속에서 사냥만 하다가 완전히 몸에 냉기가 스며든 걸로 보이는데 상태가 꽤 악성인 듯 장마철을 지나 여름이 되고도 못 일어났다.

눈 위의 발자국

그렇게 고로가 병에 걸리면서 요 한동안은 종가와 벌이던 실랑이도 아무런 진전 없이 그대로였다.

여름에 접어들어 또다시 학생들이 찾아왔다. 재작년 무렵부터 그 학생들 사이에서, 자신이 이래저래 입방아에 오르고 있다는 걸 오에후 역시 모르는 바는 아니다. 오에후에게는 그 일이 무엇보다도 괴로웠다. 하지만 올여름은, 미련 없이 학생들과 관련된 일은 전부 남한테 일임한 상황이라 본인은 거의 집안에 틀어박혀 하쓰에와 고로를 간호하는 일에 전념하며 별로 그런 소문에는 노심초사하지 않았다.

9월이 되어 학생들이 모두 돌아가고 가족들만 남게 되자, 그 어느 때보다 오에후는 자신의 주변이 갑자기 쓸쓸해진 기분이었다. 괜히 평소와는 상황이 달라 보였다.

'또 우리만 남겨졌어….'

왠지 그런 우울해지는 기분이 들어 견딜 수 없었다.

가을이 깊어져 아침나절 산 쪽에서 엽총 소리가 들리기 시작하자, 노견 잭은 왠지 가만히 있지 못하고 뛰어다니다가 갑자기 눈에 띄지 않는다. 그렇게 돌아다니다가 해 질 무렵 마른 잎을 잔뜩 몸에 달고 돌아와서는, 마룻

바닥의 난로 옆에 쓸쓸하게 들어가 있었다. 혼자 산에 가서 꿩을 쫓다가 오는 듯했다.

겨울이 되면 누더기 같은 걸 뒤집어쓰고 마을 아이들이 크든 작든 한 집단을 이루며 그 밖에 거의 인적이 없는 큰길 거리를, 아침저녁으로 초등학교에 다니는 모습이 눈에 띈다.

"쟤가 에치고야越後屋 포목점 아이야. 아, 저쪽인가, 그건…."

그런 걸 노모가 오시게에게 가르쳐 주고 있다. 익숙지 않은 오시게에게는 아직 어느 아이나 똑같아 보이는 듯했다….

12월 말이 되었을 무렵 갑자기 못 보던 양장 차림의 남녀가 마을 내에 모습을 드러냈다.

숲속을 한참 헤매다가 마을 변두리까지 가서 눈 덮인 산을 구경한 뒤에, 마을 아이에게 안내를 받아 모란옥으로 왔다. 미무라 씨가 아는 사람인 듯 그곳 별장을 비워 겨울 한 철을 이용하게 해 주지 않겠느냐는 거였다. 아무래도 낌새가 심상치 않아, 그때까지 두 사람을 묵게 하고 답장을 기다리기로 했다. 하지만 미무라 부인으로부터는 아무런 답변도 없었다. 그 대신 유명한 소설가 모리 씨라는 사람이 모란옥 앞으로 환을 보내, 혹시 그쪽에 그런 일행 두 명이 가면 아무쪼록 잘 부탁한다고 전해 왔다. 그래서 오에후는 병중인 고로와 의논해, '마침 지금 동쪽 숲속에 작은 집 한 채가 비어 있고, 몇 년째 사람이 산 적이 없어 꽤 난장판일 텐데, 그래도 괜찮다면 빌려주겠다'고 말했다. 두 사람은 제안에 동의했다. 그래서 모란옥에서는 어지간한 물건들을 갖추어 주고 거기서 두 사람을 살게 했다.

많은 눈이 쌓인 숲속에서 두 사람은 이후 좀처럼 마을로 나오지도 않고, 조용히 지냈다….

오에후는 어느덧 두 사람의 신상을 알게 되었다. 남자는 어느 잡지의 기자였고 여자는 양갓집 규수였다. 현재 두 사람에게는 자신들 외에는 아무것도 없는 듯했다. 산속 추위는 아무렇지도 않은 것 같았다. 그런 두 사람의 무분별한 생활이 어쩐지 오에후를 위협했다….

2월 말 오에후는 달리 아무도 없어, 모리 씨가 보내온 등기 우편을 들고 그 숲속 집까지 전달해 준 적이 있다.

숲속에는 아직 눈이 군데군데에 얼룩덜룩 남아 있었다.

오에후는 잭을 앞장세우고 그런 길을 힘겹게 걸어갔다.

숲속에서 갑자기 사람이 말다툼을 벌이는 소리가 들려왔다. 오에후는 안 좋을 때 마침 잘 왔다고 생각했다. 하지만 잭이 혼자 먼저 그 안으로 쏙 들어가 버리는 바람에 어쩔 수 없이 그녀도 사립문 앞에 멈추어 섰다.

"편지가 이쪽으로 와서요⋯" 하며 조금 주저하며 말을 건넸다.

가까스로 남자가 외투를 입고 나왔다. 왠지 머리카락을 마구 긁어 댄 듯 곤두서 있었다.

오에후는 그쪽을 쳐다보지 않으려 하며 편지만 건넸다.

"이거 참 고맙습니다⋯."

남자는 편지를 받아들고 봉투를 보자, 뭔가 못 기다리겠다는 듯 오에후 앞에서 이미 그걸 펼쳐 보고 있었다.

"이봐!"

갑자기 남자는 보이지 않는 곳에 있는 여자 쪽으로 말을 걸었다. 그리고 또 말했다.

"모리 씨는 베이징에 가신다고 하네⋯."

오에후는 서둘러 사립문 곁을 떠났다.

그러고 나서 다시 잭을 앞세우고 잔설이 있는 사이를

골라 걸으면서, 방금 막 보고 온 황폐해진 두 사람의 생활을 마음속에 떠올리며 그녀는 뭔가 뜻밖의 생각에 잠겼다. 그러다 문득, 이렇게 숲속을 혼자 걷는 일은 거의 없다고 해도 좋을 요즘의 자기 자신을 돌이켜 보았다.

그 숲을 나서자 겨울 해가 쨍하고 그녀의 얼굴에 비쳤다. 오에후는 전에 없이 나이들어 보였다.

그로부터 이삼일 뒤, 숲속에는 더 이상 사는 사람이 없었다….

4

요즘 들어, 누가 먼저 말을 꺼낼 필요도 없이, 옛 역참으로서의 모습이 잘 간직된 이 마을의 늘비한 집들, 특히 옛 공적 역참 숙소의 구조를 그대로 본뜬 모란옥이며 또 동자주가 남아 있는 찻집의 고풍스러운 아름다움이나, 그 마을 변두리의 갈림길 주변 산들의 조망 등을 그리워하며 도쿄 등지에서 일부러 찾아오는 사람들이 많아졌다.

옛날 이 역참 여관에 유녀들이 있어 그 무덤이 지금도 무더기로 남아 있다고 하고, 그래서 그 무덤 있는 곳을 찾아오는 학자로 보이는 외국인들도 있었다. 그럴 때면 오에후가 나서서, 고인이 된 노인이 손님들에게 곧잘 해 주던 이야기를 기억나는 대로, 즉 "그건 아마 저곳을 말하는 거겠죠?" 물으면, 그중에서는 하인들 무덤이라는, 사찰 묘지와는 별도로 더 앞쪽 숲속에서 하나의 무리를 이루고 있는 오래된 무덤을 가르쳐 주었다.

어느 날, 노모가 아무 할 일도 없고 해서 옛날이야기를 생각해 내어 하쓰에게 들려주었다.

옛날, 이 마을에 오래된 여우가 살고 있었고, 여우가 남몰래 밤이면, 몇 년 전에 무사에게 살해된 어느 유녀의 무덤가를 헤매다가 가끔 슬며시 무덤에 다가가 그것을 핥아 주었다. 마을 사람들이 결국 그 일을 알고 그곳에 가 봤더니, 무덤에도 저절로 깊은 상처가 나 있었다….

오에후는 옆에서 그런 이야기를 들으면서, 자신도 처음 그 이야기를 듣던 어린 시절의 일, 이를테면 가을날 숲속에서 진홍빛으로 물든 담쟁이덩굴이 휘감겨 있는 오래되고 자그만 무덤 등을 발견하고, 으레 그 여우 이야기를 연상하며 왠지 유녀라는 사람을 애처롭게 생각한 적이 있음을 떠올렸다….

'하쓰에도 곧 스무 살이 된다…'

오에후는 이렇게 생각했고, 갑자기 뭔가가 경악하게 만드는 기분이 들기도 했다.

생각해 보니, 열두 살 때 병을 앓고 나서 언제까지고 그날의 심정으로, 자신에게 응석 부리고 있는 하쓰에를 상대하며 살아온 탓인지, 자기 자신까지 덩달아 그날 이후로 나이를 먹는다는 사실조차 거의 잊어버리고 있었나 싶었다.

오에후에게는 그날 이후의 일은 모두 바로 요전 날의 일처럼 여겨지는 대신, 그보다 먼저 있었던 일들은 모든 게 이제 꿈처럼 여겨질 뿐이었다.

'이렇게 지금의 하쓰에 나이에, 나는 이미 그런 불행한 결혼을 해버렸어.'

이러며 아무리 생각해 봐도, 그맘때의 자신의 모든 것들이 하나같이 시선을 피하고 싶을 만큼 애처로운 모습을 하고 되살아나지는 않았다….

오에후는 아직 마흔도 채 되기 전에, 이렇게 연연하지 않는 마음으로 자신의 젊은 날들이 생각날 줄은 생각지도 못했다.

바쁜 여름철에만 다카사키* 근교에서 밥하는 할머니가 일을 하러 자주 왔다. 시력이 좋지 않아서 언제나 손녀뻘 되는 여자아이를 데리고 왔었다. 작년에 돌아갈 때 사환 아이라도 있었으면 한다고 부탁했더니, 이 다음번에는 이제 일을 못 한다고 하면서 열여덟 살 된 스테키치捨吉라는 자신의 조카를 소개해 주었다. 초여름에 스테키치가 와서 보았더니 선천적으로 심한 절름발이였다. "어머, 이 젊은이까지…" 하며 오에후는 자기도 모르게 노모와 오시게의 얼굴을 쳐다보았다.

하지만 올해도 몹시 손님들이 북적인 여름 동안, 여전히 고로가 류머티즘으로 자리를 보전하고 있는 상태여서 그런 스테키치라도 있어 주는 편이 훨씬 나았다.

"여기가 바닥을 한 단 높게 만든 방으로 영주님들이 묵으셨던 방입니다. 그리고 저기가 시동들이 지내던 방으로…"

스테키치는 옛날의 공적 역참 숙소의 구조를 보여 주기 위해, 모란옥을 방문한 외국인들 일행 앞에 서서, 절

---

* 다카사키高崎: 군마현群馬縣 중남부.

눈 위의 발자국

룩이는 다리를 이끌고 설명하며 걸어야 할 때도 있다.

영주들이 지내던 방에 묵고 있는 마쓰다이라松平라는, 미술사를 전공한 학생은 언제나 그 방 안에서 조용히 렘브란트 판 레인*의 그림집 등을 보며, 그렇게 스테키치가 해 주는 설명을 신기한 듯 듣고 있었다.

"스테키치 씨도 제법 모란옥 설명을 잘하게 됐군."

마쓰다이라는 스테키치의 얼굴을 보면, 곧잘 이렇게 말하며 놀렸다.

어느 날 스테키치가 학생들이 하고 있던 이야기를 듣고 와서 오시게에게 일렀다.

"조금 전 등나무 덩굴의 시렁 밑에 대여섯 명이 모여 뭔가 재미있게 이야기를 나누고 있길래 잠깐 들어 봤더니, 모두 이 모란옥의 마지막 날을 멋대로들 상상하는 겁니다. 누군가가 이제 오륙 년 정도만 더 지나면 저절로 갑자기 눈앞에서 와르르 무너져 버릴 것 같은 기분이 든다고 하자, 아니, 아직 이대로 백 년쯤은 버티다가 이 다음

---

* 렘브란트 판 레인Rembrandt Harmenszoon van Rijn(1606~1669): 네덜란드의 화가.

에 아사마의 폭발을 당할 거라고 말하는 사람도 있었습니다…"

오시게는 그런 소리를 듣자 정말로 화를 냈다.

"바보 같은 소리 하지 마. 너는 또 그런 소리를 못난 표정으로 듣고 있었겠지."

스테키치는 자못 난처한 듯 그저 사람 좋은 웃음을 띠고 있었다.

"나, 어쩐지 두려워."

하쓰에는 뒤에서 이 말을 들으면서, 오에후 쪽을 뭔가 호소하는 눈빛으로 쳐다보고 있었다.

오에후는 바느질을 하면서 아무렇지도 않은 듯이 말했다.

"그렇게, 너, 어처구니없는 소리를."

이런 말만 하고 오에후는 딸에게서 시선을 뗐다. 오에후는 그때 마음속으로 이런 생각을 하기 시작했다.

'지금이야 동생이 병에 걸려 종가와의 문제가 소강을 유지하고 있지만, 언제 또 그 문제가 다시 시끄러워져 우리를 위협하게 될지 모른다, 혹시라도 우리가 이 집을 손에서 놓아야 할 될 지경이 되느니보다 차라리 그 전에 이

모란옥이 저절로 그렇게 무너져 우리도 다 함께 죽는 게 낫다…'

"그런 소릴 두려워하긴, 너…"

오에후는 이렇게 말하면서 찬찬히 하츠에 쪽으로 시선을 돌렸다.

9월이 되면 학생들은 거의 모두 돌아가 버린다. 갑자기 조용해진 모란옥 앞에, 가을다워진 어느 날 최신형 자동차 한 대가 도착해 그 안에서 젊은 외국인 남녀가 내렸다. 스타호텔인지 어디서 알게 된 동지가 남들 눈을 피해 이곳까지 밀회를 온 듯했다.

두 사람 모두 일본어를 잘 몰라 오시게는 난처하여, 아직까지 묵고 있는 마쓰다이라를 오게 해 통역을 부탁하였다.

마쓰다이라도 난감한 표정으로 두 사람과 뭔가 입씨름을 하다가, 겨우 웃으며 오시게 쪽을 보고 말했다. 이 두 사람은 두세 시간이면 되고, 어딘가 조용한 방이 비어 있으면 그곳에서 쉬게 해 달라고 말하는 겁니다. 그런데 저쪽 호텔은 어디나 사람이 너무 많다, 하면서 버릇없는 불평까지 터트리고 있는 거라고요, 하고 덧붙였다.

오시게 또한 웃으며 그 난감한 손님을 데리고 뒤쪽 2층으로 올라갔다.

마쓰다이라는 그대로 작은 책을 호주머니에 넣고 집을 나와 동쪽 숲으로 갔다….

저녁 무렵이 되어 마쓰다이라가 숲에서 돌아오자, 저 멀리 모란옥의 큰 건물 앞에는 아까 외국인이 타고 왔던 자동차가 아직 서 있는 모습이 조그맣게 보였다. 그게 왠지 이상하게 석양에 반짝반짝 빛나고 있었다.

9월 말이 되자, 가장 마지막까지 머물고 있던 마쓰다이라도 결국 돌아갔다.

스테키치는 자전거로 그 짐을 부치고, 함께 따라온 잭과 앞서거니 뒤서거니 하면서 숲속으로 먼저 자취를 감췄다.

숲속으로 들어가기 전에 마쓰다이라는 갑자기 뒤돌아, 마지막으로 마을 전체를 둘러보았다. 마을 곳곳의 숲에서, 숯을 굽고 있는 듯 연기가 몇 번이나 피어올랐다.

마쓰다이라는 자신이 떠난 뒤에도 이 옛 역참에 남은

사람들을 생각하면서 그대로 숲속으로 들어갔다.

골짜기의 역에는 스테키치가 자전거에 손을 얹은 채 뭔가 멍하니 기다리고 있었다. 그 발치에 노견도 웅크리고 앉아 있었다.

기차가 오려면 아직 시간이 남아 마쓰다이라도 근처의 울타리에 기대어 산 쪽을 바라보았다.

"신슈信州는 꽤 쓸쓸한 곳이군요."

스테키치가 갑자기 마쓰다이라 쪽을 향하여 말했다.

마쓰다이라는 뜻밖이라는 표정으로 스테키치 쪽을 쳐다보았다. 그리고 또 이 젊은 장애인이 이 마을 사람이 아니라 다카사키 근교에서 고용되어 와 있다는 걸 그제야 알았다.

"흠, 스테키치도 쓸쓸하다고 생각하나?"

이렇게 아무렇지도 않은 듯 말해 버리고 나서 '아, 조금 더 뭐라고 말해 주면 좋았을걸.' 하고 마쓰다이라는 생각했다.

"그러고 보면, 스테키치 씨는 처음으로 이곳에서 겨울을 나는 거로군. 겨울은 춥겠군. 여기는…."

스테키치는 아무 말 없이 발밑의 노견 쪽으로 시선을

떨구고 있었다.

　마쓰다이라도 그 뒤로 아무 말 없이, 어느새 가을 기운이 완연해 보이는 화산의 화구 주변으로 작은 구름들이 끊임없이 이동해 가는 모습을 쳐다보고 있었다. 작은 구름이 하나씩 사라지자 그 자리에 화산이 뿜어내는 연기 같은 게 한 줄기 희미하게 피어올랐다….

눈 위의 발자국

雪の上の足跡

주인 야, 어딜 갔나 했더니 눈투성이가 되어 돌아왔구
면.

학생 숲속을 걸어왔어요. 잡목 숲은 눈이 제법 많이 쌓
였네요. 자칫하면 허리까지 눈 속에 파묻혀버려
요. 짐승 발자국이 잔뜩 나 있어서 그 위로 걸으
면 괜찮을 줄 알고 발을 들여놨다가 바로 아래가
덤불이어서 봉변을 당하기도 했습니다.

주인 자네와 토끼가 하나가 되는 건가. 그나마 이제 제
법 봄기운이 완연해졌으니 얼었던 눈도 풀리겠지.
근데, 그렇게 눈 속을 걸어왔으니 오죽 기분이 좋
겠어.

학생 네, 참으로 유쾌했어요. 걸어가면서, 다치하라 미

치조*의 시 중에 그렇게 숲속을 홀로 거닐며, 많이 쌓인 눈 밑에 여름날에 피어 있던 꽃이 그대로 감춰진 느낌이 들고, 나비가 날아다니는 환영을 보는 듯한 시가 있었다는 게 생각났어요.

주인 다치하라는 내가 처음 여기서 겨울을 날 때 2월에 찾아왔었지. 공교롭게 내가 아파 몸져누워 있어서 자네처럼 혼자 숲속을 눈투성이가 되어 걸어왔었어. 그때 쓴 시겠지. 벌써 칠팔 년 전인가…. 어때, 여우가 지나간 발자국은 없던가?

학생 여우 발자국은 도저히 모르겠습니다. 어떤 건지, 아직 그것도 잘은….

주인 그렇군, 이렇게 똑바로 점선 하나를 눈 위에 슥 그리듯이, 숲 가장자리를 용케 누비며 걸어간 발자국인데 말이야. 토끼 녀석이 남긴 발자국은 근처 한가운데를 겅둥거린 흔적이 보이고 발자국도 한쪽 면에 잔뜩 나 있지만, 여우 발자국은 항상 이렇게 한 줄로 쭉 나 있지. 또 그대로 숲속으로 가늘

---

* 다치하라 미치조立原道造(1914~1939): 시인·건축가.

어지며 사라지거나, 어쩌다 예기치 않게 농가 뒷
문 근처까지 와 있기도 해.

학생 여우 같은 동물들이 아직 이 주변을 어슬렁거리
고 있을까요?

주인 있을 것 같아. 요즘은 겨울이 되면 나는 완전히 무
기력해져 눈 속을 아예 걷지 않네만, 이삼 년 전에
는 그런 발자국을 몇 개나 본 적이 있네. 그런데
발자국이 있다면 뻔한 거 아니겠어? 기껏해야 농
가의 닭을 훔치러 오는 정도겠지.

학생 언젠가 글로 쓰셨던, 옛날 무사 집안이 참살을 당
한 이 여관 유녀의 무덤에 밤마다 찾아오는 늙은
여우 이야기. 잘은 모르겠지만, 무덤에 저절로 금
이 가서 마치 칼에 베인 자국처럼 애처로워 보이
던 그 상처 부분을 여우가 핥아 줬다는 이야기였
죠. 그게 이 마을 이야기인가요?

주인 이 마을은 아니고 이웃 마을 노인에게 들은 이야
기야. 라프카디오 헌*도 즐겨 쓴 이야기지. 그런 이

---

* 라프카디오 헌Lafcadio Hearn(1850~1904): 미국에서 일본으로 귀화한 그리스 태생의
저술가. 일본명은 고이즈미 야쿠모小泉八雲.

눈 위의 발자국

야기가 남아 있다면 더 듣고 싶은데 별로 없는 것 같아. 아무래도 이렇게 오래된 역참에는 대체로 옛날이야기가 적지 않을 텐데 말야. 메이지 유신 이전에는 요정料亭 여인숙이 빽빽이 들어섰고, 큰길 역참에 두어 신분 높은 사람들이 머물던 보조 숙사만 해도 유녀가 백 명 이상은 됐다는 유명한 여관이 있던 흔적이지. 그날그날 다른 이야기를 여러 지역에서 모여드는 사람들한테 듣기도 바쁜데, 산속의 무료한 화롯가에서 사람이 이따금 문득 떠올려 가까스로 망각에서 살아난 그런 옛날이야기가 남아 있지 않은 것도 당연하지 않겠나?

학생 그럴지도 모르겠네요. 그런데 아직 두세 개는 그런 이야기가 더 있을 거 같긴 해요.

주인 그래, 있을 것 같기도 해. 하지만 없을 거야. 아무것도 없으면서 그런 분위기만 있다는, 바로 그 점이 뭐 현재 이 마을의 유일한 특색으로, 우리에게는 오히려 딱 맞겠다 싶거든. 이렇게 황폐하여, 그게 나름대로 그저 녹슬어 주위와 조화되었다는 점에서 그런 뭔가의 맛이 날 테지. 그래서 사소한 것까지 짐짓 생생하게 느껴지기도 하지. 내가 처음 이 마을에 왔을 당시였는데 어느 날, 옛 집터 느낌이 나는 큰 암석으로 된 낭떠러지 위에 서서 가을다운 햇살을 쐬며, 병이 나은 지 얼마 안 된 듯 멍하니 다테시나야마산蓼科山 쪽을 바라보고 있었어. 그날 밤 숙소 주인이 말하는데, 그때 그렇게 절벽 위에 서 있던 내 모습을 멀리서 보고, 문득 어릴 때 보았던 상처 입은 사슴 한 마리를 떠올렸다고 했어.

확실히는 모르겠지만, 서리가 많이 내린 아침이었는데 산에서 쫓기던 사슴이 마침 절벽까지 와서 언뜻 뒤를 돌아보고 나서 거기를 폴짝 뛰어내려, 아래에 있는 밭 한복판을 가로질러 유노카와* 쪽으로 쏜살같이 달아났다. 그리고 또 그 밭의 새하얀 서리 위에는 상처 입은 그 사슴 다리에서 흐른 핏자국이 선명하게 남아 있었다는 이야기일세….

그런 이야기를 듣고 나니, 그 절벽뿐만 아니라 마

---

* 유노카와湯川: 일본 홋카이도 하코다테시函館市에 있는 홋카이도에서 가장 오래된 온천으로 약 340년 전에 발견됨.

눈 위의 발자국

을 곳곳에 남아 있는 절벽 하나하나가 나로서는 왠지 의미심장하게 느껴졌지. 음, 그렇게 사슴이 뛰어넘었던 돌담이나, 가을이면 담쟁이덩굴이 붉게 단풍 들어 휘감겨 있는, 뭔가 처참한 느낌의 유녀스러운 조그만 무덤이니, 그런 이야기라면 이외에도 얼마든 더 있겠지. 그럴싸한 이야기다운 이야기가 거기에 수반되지 않더라도.

학생 미요시 다쓰지*가 쓴 시에도 어느 산골 마을인가, 상처 입은 사슴 한 마리를 다리를 묶어 사냥꾼이 둘러메고 가는 시가 있는데, 그건 어디인지?

주인 이즈**의 유가시마湯ヶ島 주변의 풍경일 거야. 아쉽게도 나는 결국 사슴은 못 봤어. 맞은편 작은 여울 주위에서도 예전에는 사슴 울음소리가 곧잘 들렸다더군.

학생 저는 요전에 안톤 체호프***의 「학생」이라는 단편소설을 읽었습니다.

---

*   미요시 다쓰지三好達治(1900~1964): 시인·번역가·문예평론가.
** 이즈伊豆: 지금의 시즈오카현静岡縣의 동남부.
*** 안톤 체호프Anton Chekhov(1860~1904): 러시아의 소설가 겸 극작가.

부활절이라 고향에 와 있던 한 학생이 어느 날, 북
풍이 불어 대는 어느 추운 날이었죠. 어쩐지 현세
에는 어느 시대나 그러했듯 이런 바람이 불어닥쳤
고, 그곳에는 무지하고 비참하다고밖에 볼 수 없
는 생각을 품고 매우 침울한 기분으로, 산책을 하
고 돌아왔어요. 어느새 저물녘이라 이웃 마을의
어느 농가 마당에서는 모닥불을 피우고 있었죠.
봤더니 바로 옛날 자신을 돌봐준 유모였던 과부와
그 불행한 딸이라서 학생은 잠깐 양해를 구하고
모닥불을 쬐고 있었어요. 그러다가 그리스도의 제
자 중 한 명인 베드로 또한 마침 이런 식으로 모
닥불을 쬐었겠다고 생각해, 이후 베드로가 닭이
울기 전에 세 번 그리스도를 부정하는 이야기를
그 두 여인에게 들려줬지요. 여인들은 아무 말 없
이 가만히 듣고 있었고 그러다 갑자기 둘 다 울고
말죠. 학생은 자리를 떠나면서 왜 그녀들이 울었
을까 생각해 보죠. 특별히 자신이 이야기를 감동
적으로 했기 때문은 아니었어요. '그건 분명 이야
기 속에 등장하는 베드로에게 생긴 일이 그녀들뿐

만 아니라 나 자신과 어느 정도는 관련이 있기 때문이겠지.' 이렇게 생각하자 옛날부터 오늘까지 단절 없이 이어지는 하나의 연계성이 보이는 기분이 들었어요. '내가 그 한쪽 끝을 건드렸기에 다른 한쪽 끝이 흔들렸던 거야. 진리와 아름다움이 예수 그리스도의 뜰 안에서 사람들을 이끈, 그리고 지금도 여전히 그게 우리를 이끌고 있다.' 이렇게 생각하자 학생은 갑자기 자신에게 청춘과 행복감이 몰려와, 인생이 왠지 숭고한 의미로 충만해지는 느낌을 받았죠.

이런 줄거리로 전개되는 불과 대여섯 페이지 분량의 단편소설입니다. 하지만 저는 그 소설을 읽고 왠지 주인공 학생과 하나가 되어 울고 싶을 만큼 감동했습니다.

주인 음, 좋은 단편이군. 난 아직 읽어 보지 못했는데 언제 한번 그 책 좀 빌려주게. 그런데 자네가 해 주는 이야기만 듣고도 대충은 알겠군. 거기에 있는 성서를 좀 집어 주겠나? 그 부분을 한번 읽어 보세. 누가복음이었지?

(성서를 펼쳐 읽는다) "…이윽고 닭이 울었다. 주님, 뒤돌아 베드로를 눈여겨봐 주세요. 이때 베드로, 주님이 '오늘만 해도 닭이 울기 전에 네가 세 번 나를 부정했느니라' 하신 말씀을 떠올리고 밖으로 나가서 평평 울었다."

닭이 울자 멀리서 예수님이 모닥불을 쬐고 있는 베드로 쪽을 돌아본다. 그러자 베드로는 갑자기 예수님이 하신 말씀을 떠올리고, 문득 정신이 들어 마당 밖으로 나가 어둠 속에서 평평 울었지. 체호프의 단편소설 이야기를 듣고 이 대목을 읽으니 왠지 그때 베드로의 통곡이 더 친근하게 느껴지는군.

학생 저는 이 단편소설을 읽었을 때도 생각했지만, 베드로의 이야기든, 언젠가 글로 쓰신 엠마우스*의 순례자 이야기든, 그렇게 인연이 멀게만 느껴지던 이야기가 의외로 우리 가까이 다가와 묘하게 감동을 주기도 한다는 거죠. 하지만 그와 달리 일본의

---

* 엠마우스Emmaus: 엠마오Emmao라고도 하는, 예루살렘에 가까운 팔레스티나의 그리스도교 성지의 하나.

옛날이야기는 참 아름답고 정겹다는 생각이 들다가도 그만큼 강한 힘은 없어 보여요. 뭔가 페이털 fatal적인 것 앞에서 우리를 무기력하게 만들어 버립니다. 체호프의 단편소설은 먼저 숲속의 쓸쓸한 자연 묘사로 시작돼요. 체호프의 글은 바로 거기가 매우 아름다운데, 쓸쓸한 자연이 완전히 그 학생의 마음을 우울하게 만드는 거죠. 자연의 묘사로 체호프는 소설을 시작하는데 일본의 좋은 작품들은 그것과는 반대로 가장 마지막에 그런 곳으로 우리를 이끌고 가는 느낌입니다만….

주인 분명 그런 점이야 있겠지. 이제부터 자네들은 그 페이털적인 것과 실컷 싸워 봐야 하겠지. 나 역시 나름대로 싸워 온 셈이지. 점점 그런 페이털적인 것에 일종의 체념 비슷한 기분도 들지만. 그래도 아직까진 발버둥이 칠 수 있을 만큼은 발버둥이를 쳐 봐야지…. (석양이 환하게 드는 모습을 보고 창문을 연다) 매일 이렇게 눈 속으로 떨어지는 낙조를 구경하는 게 즐거움이야. 어쩌면 온종일 겨울 햇살이 너무 밝아서, 실내에 있어도 눈이 반사되어

눈부셔 책도 못 읽고 멍하니 그날 하루도 끝나려
고 하는, 즉 그렇게 얼빠진 기분일 때도 눈 덮인
들판을 새빨갛게 비추며 산 너머로 떨어지고 있는
해를 바라보면, 갑자기 몸과 마음이 모두 굳어 버
리는 기분이 들거든. 자네는 지금 이런 석양을 바
라보며 어떤 문학적 감정이 드는가?

학생   글쎄요. 저로서는 지금, 두 가지가 떠올라요. 하
나는 샤쿠초쿠*의 『사자死者의 서書』를 장엄하게
수놓던 낙조의 아름다움입니다. 그리고 또 하나
는 프랜시스 톰슨**이 「낙양 시Ode to the setting sun」
에서 읊은, 들판 가운데 십자가 위를 피로 물들인
듯 반짝이며 가라앉는 태양의 성스러움입니다.
　맞은편 산마루에 지금 빙글빙글 돌며 들어가는
저 태양은 『사자의 서』에 그려져 있는, 그런 산 너
머에 존재하는 아미타상처럼 느껴지고, 심지어 고
요한 아름다움을 느끼는데, 그게 뭐니 뭐니 해도

---

*　샤쿠초쿠輝迢空: 오리쿠치 시노부折口信夫(1887~1953)의 호. 일본의 민속학자·국문학
자·국어학자.
**　프랜시스 톰슨Francis Thompson(1859~1907): 영국 가톨릭 시인.

역시 저는 설야에 묻힌, 태양의 마지막 빛을 받으며 피로 물든 듯 비통하게 서 있는 하나의 십자가를 구하고 싶은 마음입니다.

주인 샤쿠초쿠와 프랜시스 톰슨이라. 꽤 중후한 취향이로군…. 나는 어제 이렇게 낙조를 바라보다가 문득 히다* 산속의 어느 낙양을 떠올렸었지. 물론 상상 속에서긴 하지만. '독수리 둥지의 녹나무** 삭정이에 해가 들었네.' 어때, 대단한 이미지image이지? 평범한 리듬으로 이루어진 구절이야. '고시***에서 히다로 간다고 바구니 매달아 건너는 불안하고 곳곳에 길도 없는 산길을 헤매네.'라는 이전에 쓴 글이 있어. 그런 산속에서 독수리 둥지 같은 게 걸려 있는 커다란 녹나무의 엉성한 나뭇가지 틈새로 해가 시뻘겋게 달아올라 어지러이 들어오는 광경이겠지. 독수리 둥지를 본 적은 없어. 하지만 녹나

---

* 히다飛彈: 기후현岐阜縣 최북단에 위치한 시市.
** 녹나무 과의 상록 활엽 교목. 따뜻한 지방에 자라고 옛날부터 각지의 신사神社 등에 심어져 거목이 된 개체가 많다. 장뇌樟腦(모노테르펜에 속하는 케톤의 하나. 독특한 향기가 있는 무색의 고체로, 물에 잘 녹지 않으며, 유기 용매에 잘 녹는다. 상온에서 승화하기 쉽다)가 목재에서 채취되는 항목으로 알려져 아스카 시대에는 불상을 만드는 재료로 쓰였다.
*** 고시越: 호쿠리쿠도北陸道의 옛 이름.

무 고목은 전에 본 적이 있지. 조신 국경*에 있는 어느 목장의 한가운데에 그 큰 나무 한 그루가 덩그러니 서 있었어. 고독한 모습이 자못 인상적이었지. 그런 기억이 있어서인지 이 평범한 가락의 구절에 나오는 녹나무 역시 나로서는 그런 산 한복판에 다른 나무숲에서 따로 떨어져, 달랑 한 그루만 서 있는 고목 같더군.

학생 (눈을 감으며) '독수리 둥지의 녹나무 삭정이에 해가 들었네.' 대단하군요.

주인 그런 구절이 멋지게 떠오른 적도 있어. 그렇게 꽤 시시한 걸 생각해 내면서 언제까지고 홀로 감상적 기분에 젖어 있기도 하지. 어느 날은 예전, 마을 잡화점에서 구매한 열 푼짜리 잡기장의 표지 그림을 떠올렸었어. 눈 속에 절반쯤 파묻혀 석양을 받고 있는 오두막집 한 채, 바로 맞은편의 저녁놀로 물든 숲, 그리고 집으로 돌아가는 주인과 개, 대강 그런 그림엽서처럼 판에 박힌 그림이지. 어느

---

*　조신 국경上信國境: 현재는 군마현群馬縣과 나가노현長野縣 두 현의 경계.

눈 위의 발자국

날 그 잡기장을 사 와서, 내가 아무 생각 없이 표지 그림을 스위스 부근의 겨울 풍경쯤으로 생각하고 보고 있었는데 여관 주인이 옆에서 보고, "그건 가루이자와* 그림이군요." 하며 전혀 의심 없이 말하기에, 결국에는 나까지, 이건 어쩌면 가루이자와 어딘가로, 겨울이 되어 온통 눈에 파묻히면 이 그림과 똑같은 풍경이 자연히 만들어질지 모른다고 생각하게 됐지. 그러다 갑자기 이런 그림엽서 같은 산막에서 한번 겨울에 개라도 기르며 살아보고 싶어졌어. 그 꿈은 이후 이삼 년이 지나 겨우 실현되었지.

그때의 겨울은 뜻밖에 슬픈 추억이 되어 버렸지만, 그건 어쩌면 그 무렵, 다치하라도 여전히 살아 있어 함께 놀던 무렵 우리와 왔으니, 아직 한창 젊어 그런 실없는 꿈에 자신의 일생을 거는 데 주저하지 않았지. 뭐, 젊은 시절의 기념물 같은 거겠지만. 그 열 푼짜리 잡기장에 실린 표지 그림을, 나

---

* 가루이자와輕井澤: 나가노현의 국제적 고원 피서지.

는 이런 낙양을 앞에 두고 마음속 깊이 떠올려 본 적도 있다네….

그런데 오늘은 자네 덕에 고목나무 숲속의 낙조 광경이 떠오르는군. 눈 덮인 표면에는 나무 그림자가 죽죽 색다른 모습으로 길게 가로놓여 있어. 그게 약간 보랏빛을 띠고 있지. 어디선가 멧새가 희미하게 울어 대며 가지를 옮겨 다니고. 들리는 소리는 그게 유일하지. (그대로 눈을 감는다) 주변에는 토끼며 꿩들이 디딘 발자국이 어지럽게 나 있고. 그리고 그 안에 섞인 또 하나, 누군가의 발자국이 희미하게 나 있지. 그건 내 발자국인지 다치하라의 발자국인지….

학생　갑자기 쌀쌀해졌군요. 이제 창문을 닫을까요?

눈 위의 발자국

작품 해설

　이 작품집에는 호리 다쓰오堀辰雄(1904~1953)의 작품 여덟 편이 실려 있다. 수록된 작품을 다시 나열해 보면 「잔설斑雪」(『후진코론婦人公論』 1943년 4월 호), 「썰매 위에서橇の上にて」(동잡지 5월 호), 「목련꽃辛夷の花」(동잡지 6월 호), 「조루리사의 봄浄瑠璃寺の春」(동잡지 7월 호), 「두견새ほととぎす」(『분게이슌주文藝春秋』 1939년 2월 호), 「광야曠野」(『가이조改造』 1941년 12월 호), 「고향 사람ふるさとびと」(『신초新潮』 1943년 1월 호) 그리고 「눈 위의 발자국雪の上の足跡」(동잡지 1946년 3월 호)이다.

　「잔설」과 「썰매 위에서」, 「목련꽃」, 「조루리사의 봄」 이 네 작품은 「시월十月」과 「고분古墳」과 「사자의 서死者の書」와 함께 「야마토지길 시나노지길大和路信濃路」이라는 대제목으로, 1943년 소품문의 연작으로 『후진코론婦人公論』에 1월 호부터 8월 호에 걸쳐 실렸다. 모두 1941년부터 여행을 다니며 받은 인상을 작가 특유의 자유로운 수필 풍으로 쓴 글이다. 작가의 고대에 대한 취미와 현대에 대한 반영이 미묘하게 뒤섞인 작품들로, 작가의 후기 작품 중에서 최고봉으로 손꼽힌다.

먼저 「잔설」은 1941년 5월 말, 가루이자와軽井沢에 모리 다쓰로森達郎와 함께 구즈마키 요시토시葛巻義敏를 방문하고 이듬해 야쓰가타케八ヶ岳를 다녀와 쓴 「노베야마 벌판野部山原」을 나중에 제목을 변경한 작품으로, 그때의 여행을 소재로 하고 있다.

「썰매 위에서」는 1943년 2월에 모리 다쓰로와 함께 시가志賀 고원에 놀러 갔을 때의 소산물이다. 이 작품을 마치며 호리가 직접 번역한 노아유 부인Anna De Noailles의 시 몇 행을 삽입한 것은 고원의 눈에 파묻힌 생활을 몇 번 경험해 본 그의 반평생의 카덴차처럼 아름답다.

「목련꽃」은 1943년 4월에 쓴 작품이다. 한해 전 3월은 부인과 동행해 기소지길木曽路을 여행했을 때의 인상이다. 특히 기소지길로 여행을 떠나는 모습이 별다른 제작 의도 없이 따듯하게 그려져 호감을 주는 면이 있다.

「조루리사의 봄」은 1943년 6월에 쓴 작품이다. 이 작품 역시 그때 부인과 함께 기소지길을 지나 이가*를 거쳐 야마토로 갔을 때를 소재로 쓴 작품이다. 야마토에 들어서 마침 마취목 꽃이 한창 피어 있는 장소와 마주하게 되고, 그 꽃이 나직한 문 한쪽에 피어 있는 조루리사의 인상을 다루었다. 하얀 마취목 꽃은 호리가 매우 좋아한 꽃으로 보이며, 실제로 도쿄 스기나미杉並에 있는 집 현관 앞에 심고 기뻐했다고 한다.

「두견새」는 「가게로 일기かげろふの日記」의 속편이다.

호리가 「가게로 일기」의 여주인공을 내세워 쓴 이유는 『바람이 분다風立ちぬ』의 '바람 불었거늘, 정작 살아 있으랴'라는 프랑스 시인 폴 발레리Paul Valery의 시구를 발전시킨 것이다. 「두견새」와 괴담처럼 세련된 프로스페르 메리메 Prosper Mérimée의 단편소설 「카르멘」, 「Il Viccolo di Madama Lucrezia」의 번역(작품집·제5집)이 하나로 이어지는 인상을 주는 것은 신기하지만 그만큼 또 호리의 작업이 하나의 방향으로 곧게 진행되었다고 할 수 있다. 이때 메리메의 소설 역시 스페인의 집시 여인을 그린 작품이다.

---

* 이가伊賀: 지금의 미에현三重縣 북서부.

「광야」의 기초가 된 작품은 『곤자쿠모노가타리슈』* 제 30권 제4, 「중무대보中務大輔의 딸, 오우미近江 지방관의 하녀가 된 이야기」다.

'광야'라는 제목은 여주인공이 살아온 '태풍이 지나간 뒤에 초목 끝이 말라 볼품없이 변해 버린' 신세를 상징한다. 부모님을 여의고, 궁궐로 일하러 가는 남자를 돌봐줄 수가 없게 된 여자 쪽에서 작별을 알린다. '그분만 행복하게 해 주신다면 나는 이대로 허망하게 죽어도 상관없어.' 하고 생각하게 된 여자는 그래도 그때까지는 아직 불행하지 않았다. 그렇게 점차 영락하면서도 '기다림의 고통' 속에서 '만족감을 느끼게 되었다.' 결국 여자는 강요에 못 이겨, 아내 있는 지방관 아들의 사람이 되어 오우미로 내려간다. 정식적으로는 '하녀'로서. '지독히 불운한 자신의 과거에 굴복하지 않으려는 듯 자신의 운을 시험해 보려는 마음에서'였다. 결국 '차라리 이렇게 지내며 하녀로서 아무도 모르게 일생을 마치고 싶다'고 생각하게 된 여자는

---

* 『곤자쿠모노가타리슈今昔物語集』: 일본의 설화집으로 줄여서 곤자쿠모노가타리라고도 한다. 편자는 알려지지 않았다. 모두 31권이다. 사본이 많이 전하나 완전한 것은 없으며, 특히 제8권·제18권·제21권의 세 권은 소실되었다.

그래서 '완전 불행한 사람이 되어 버렸다'는 내용이다.

단행본『꽃 마취목』(세지샤青磁社 출판)의 후기에 호리는 다음과 같이 썼다.

'가장 마지막 여행은 지난해(1943년) 초여름, 교토에 잠시 갔을 때 하루, 사쿠라이*의 쇼린사聖林寺를 방문한 것이다. 이 사찰만 구경하지 못한 게 그때까지 두고두고 마음에 걸렸는데 그걸로 야마토大和의 옛 사찰은 대부분 둘러보았다. 하지만 내가 요 몇 년 이렇게 가끔 야마토를 여행한 것은 그런 옛 사찰을 순례하기 위해서만은 아니다. 야마토 쪽을 찾으면 아무래도 그렇게 되기 쉽지만 나로서는 좀 더 기분 좋은 여행을 하고 싶었다. 그래서 마침 교토에 체류하던 중, 어느 친구와 주고받는 대담 형식으로 쓴『사자의 서』중에서는 나의 애독서 중 하나인 이집트풍의 소설 이야기를 계기로 내 안에 있는 고대의 아름다움에 대한 동경과 그조차 잊고 멍하니 야마토지길大和路을 걸은 듯한 또 한편의 마음, 그 두 마음의 교차를 좀 다루어 보았다.'

---

* 사쿠라이櫻井: 일본 긴키, 나라현 중북부 나라 분지에 위치.

대담 형식의 「사자의 서」에서 '사경寫經을 하는 젊은 여인의 모습은 아름답군요' 하며 샤쿠초쿠釋迢空의 소설 『사자의 서』에 대해 이야기하는 대목이 있다. '나는 그 부분을 읽고 나서 여인의 손 같은 오래된 사경을 볼 때면 후지와라藤原 낭자의 우아하고도 초췌한 모습이 떠올라 그저 그리워질 정도다'라고 말하지만, 호리가 당시 쓰고자 한 작품은 '마치 고대 사람들이 즉흥적으로 떠오른 착상으로 흙을 빚어 토용土俑을 만들던 마음, 즉 고대 사람들이 토용에 마음을 담아 그렇게 소박하고 '대범한' 분명 레퀴엠 풍이다.

「고향 사람」은 1942년 12월에 원고를 탈고한 작품이다. 시나노오이와케信濃追分를 배경으로 하고 있다. 시나노오이와케는 나가노현 동부, 아사마산浅間山 남쪽 기슭, 가루이자와 마을 서부의 취락이다. 시나노오이와케는 가루이자와, 구쓰카케沓掛와 함께 나카센도길中山道이 생긴 이후에 '아사마네고시浅間根腰의 3대 역참'으로 불리며 도쿠가와德川 시대에는 다 같이 번영한 가도 연변의 역참이었다. 메이지 유신 이후에는 가루이자와와 구쓰카케만 별장지로 되살아났고, 시나노오이와케는 완전히 잊힌 듯한 역참으로 쇠퇴한 폐허와 같은 역참 마을이었다.

1939년 5월 호리는 야마토지大和路로 갔으며 그 여행 자체도 아키시노사秋篠寺, 도쇼다이사唐招提寺, 야쿠시사藥師寺, 호류사法隆寺를 관찰한다는 의미만이 아니라, 결국 쓰고자 했던 「고향 사람」의 주인공인 오이와케의 과거 모습을 자기 것으로 만들겠다는 마음이 있었다. 시나노오이와케는 일본적 풍토다. 사라져가는 고대에 대한 애착을 의미한다고 볼 수 있다. 그리고 이 시나노오이와케의 존재를 자세히 알게 된 이후, 그는 이곳이라면 자신의 마음이 통하진 않지만 애착을 갖고 생활할 수 있다는 결심에 이르게 된다.

하지만 작가는 「조루리사의 봄」을 비롯해 「고향 사람」 그리고 앞서 발표한 「시월」과 「고분」에서 보이는 고대에 대한 동경을 이후 작품으로 완성하지는 못했다. 전쟁과 질병이 고대에 대한 동경을 방치하게 했다.

대화체의 「사자의 서」를 쓴 시기가 1943년 봄, 이후 꼬박 삼 년 뒤인 1946년 2월에, 또 한 번 대화체의 「눈 위의 발자국」을 썼다.

「눈 위의 발자국」은 담화 형식의 글로, 부제목으로 '고원의 옛 역참에서 2월 저녁에 나눈 대화'라고 있듯 화려한 고원의 모습이 아닌 '겨울'이고 게다가 마음이 차분해지는 폐허한 황혼이라는 점을 강조하였다. 나중에 가도 카와角川 판 작품집에 실렸을 때 '전후戰後에 처음으로 내가 쓴 소품이지만 회고적 요소가 많고, 스스로 나의 반평생 쓴 작품집의 발문으로도 어울리는 글이 되었다'(『꽃을 든 여자』의 발문)라고 썼으며 이 작품의 성격은 이 말로 요약할 수 있다.

작가의 심경은 다음 대화에 잘 나타나 있다.

학생   …일본의 옛날이야기는 참 아름답고 정겹다는 생각이 들다가도 그만큼 강한 힘은 없어 보여요. 뭔가 페이털fatal적인 것 앞에서 우리를 무기력하게 만들어 버립니다.

         (…)

주인   분명 그런 점이야 있겠지. 이제부터 자네들은 그 페이털적인 것과 실컷 싸워 봐야 하겠지. 나 역시 나름대로 싸워 온 셈이지.

눈 위의 발자국

젊은 시절의 자신은 역시 이 학생과 마찬가지로 일본 문학보다 외국 문학에 강하게 마음이 이끌렸었다는 것을 인정하면서 그는 "나 역시 나름대로 싸워 온 셈이지." 하고 확실히 말한다.

'주인'이 한 말에 "나 역시 나름대로 싸워 온 셈이지. 점점 그런 페이털적인 것에 일종의 체념 비슷한 기분도 들지만. 그래도 아직까진 발버둥이 칠 수 있을 만큼은 발버둥이를 쳐 봐야지…."라는 대목이 있는데 호리 문학은 시종 숙명적인 것과의 싸움을 토대로 하고 있다. 또한 그 싸움은 단순히 격정적이지 않고 오히려 싸움이라는 표현이 안 어울릴 정도로 고요하게 지속된다.

또한 이때 주인을 통해 그때 작가 자신이 더듬어온 '가루이자와', '야마토지길'에서 '시나노오이와케'로 전개하는 정신변화의 과정을 마음속으로 회상하고 있다.

호리 역시 그런 의미에서는 다른 일본 문학자들이 거친 과정과 같은 정신적 편력을 지녔다. 일본에서 태어나 일본이면서 청년 시절에는 먼저 일본 이외의 풍토 문학에 시선을 돌렸다.

마지막에 쓴 자기 문학이라고 할 만한 대표 작품이 바

로「고향 사람」과「눈 위의 발자국」이다. 그리고 그 마지막에는 시나노와케를 무대로 삼았다는 토지와의 결합이 작품에 그대로 나타난다. 호리가 걸어온 이러한 자취를 되돌아봄으로써 일본의 근대 문학자의 정신 편력의 일반적인 과정을 살펴볼 수 있다.

호리가 전후에 쓴 작품다운 작품은「눈 위의 발자국」한 편이 전부다. 이후에 새로운 작품은 발표하지 않았고 이 작품은 전후의 황폐한 사회에 대해 고요하면서도 강한 심적 고향을 제시하여 마음을 위로해 주는 역할을 했다. 또한 호리가 1953년 5월 28일 오전 1시 40분 시나노 오이와케에서 세상을 떠나면서 이 작품은 뜻하지 않게 유서를 대신하는 작품이 되었고, 한편 그의 주변에 가토 슈이치加藤周一, 후쿠나가 다케히코福永武彦 등 많은 젊은 작가들을 성장시킴으로써 새로운 문학의 가능성을 열며 내일의 문학을 이끄는 역할을 하였다.

문헌정(옮긴이)

호리 다쓰오 연보

1904년

12월 28일 도쿄東京 고지마치구麴町區 히라카와정平河町에서 태어남. 친아버지 호리 하마노스케堀浜之助는 히로시마번広島藩 무사 가문으로, 메이지 유신 이후 도쿄로 상경해 재판소에서 서기로 일한다. 친어머니는 니시무라 시키西村志気. 아버지에게 아내 고こう가 있으나 병약해 아이가 없어 오랫동안 '호리오堀雄'라고 불리며 호리 집안의 적자嫡子로 호적에 오른다. 그리고 어머니도 히라카와정에 있는 집에서 함께 지낸다.

1906년

어머니와 함께 호리 집안을 나와서 무코지마구向島區 고메정小梅町에 있는 이모 댁에 몸을 의탁한다. 나중에는 어머니가 외삼촌 댁에서 지내던 외할머니를 불러내 무코지마의 도테시타土手下로 이사해 담배 등을 팔며 셋이 함께 지낸다.

1908년 ─────────────────────────

어머니가 가미조 마쓰요시上条松吉(조각사, 도시노리壽則라고 함)와
결혼하면서 무코지마구向島區 스사키정須崎町에 있는 가미조 집
에 맡겨진다.

1910년 ─────────────────────────

무코지마구 신고우메정新小梅町의 미토야시키우라水戶屋敷裏로
이사. 유치원에 들어가나 수줍음이 너무 심해 바로 그만둔다.
4월 친아버지 호리 하마노스케가 사망함.

1911년 ─────────────────────────

4월 우시지마초등학교牛島小學校(현재 고우메초등학교小梅小學校)에
입학.

1914년 ─────────────────────────

친아버지의 아내 고가 사망하자 친아버지의 연금을 다쓰오가
성년이 될 때까지 받게 된다.

1917년 ─────────────────────────

3월 우시지마초등학교 졸업. 4월 도쿄 부립 다이산중학교第三
中学校(현재 부립 료고쿠고등학교両国高等学校) 입학.

눈 위의 발자국

1921년

4월 중학교 4년 과정을 졸업하고 제일고등학교第一高等學校(도쿄대학 교양학부 및 지바대학千葉大学 의학부, 지바대학 약학부가 되기 이전의 본체로 구제舊制 고등학교) 이과 을류乙類(독일어)에 입학. 동기로는 고바야시 히데오小林秀雄(1902~1983, 문예평론가·편집자·작가), 후카다 규야深田久弥(1903~1971, 소설가·수필가·등산가), 가사하라 겐지로笠原健治郎(소설가) 등이 있다. 기숙사에 들어가서 진자이 기요시神西清(1903~1957, 일본의 러시아 문학자·번역가·소설가·문예평론가)를 알게 되고 문학책과 가까워지면서 평생 문학적 동료로 친하게 지낸다. 8월 지바현千葉縣 다케무라촌竹岡村에 있는 우쓰미 고조内海弘蔵(1872~1935)의 별장에서 여름 한 철을 지낸다.

1923년

학교 기숙사에서 계속 생활한다. 1월 하기와라 사쿠타로萩原朔太郎(1886~1942)의 시집『우울한 고양이青猫』를 감동하여 열중해 읽는다. 5월 산추중학교三中中學校 교장 히로세 다케시広瀬雄(1874~1964)로부터 무로 사이세이室生犀星(1889~1962)를 소개받는다.

1924년

4월 무코지마구 고메정의 불탄 자리에 집을 짓고 요쓰기四ツ木의 임시 거처에서 이사함.

1925년 ───────────────────────────────

3월 제일고등학교 졸업. 4월 도쿄제국대학 국문과에 입학. 무로 사이세이가 3월에 가나자와金沢에서 도쿄로 귀경.

1926년 ───────────────────────────────

3월 「풍경風景」을 『야마마유山繭』 제10호에 발표. 4월 나카노 시게하루中野重治(1902~1979), 구보카와 쓰루지로窪川鶴次郎(1903~1974), 히라키 지로平木二六(1903~1984) 등과 동인잡지 『로바驢馬』를 창간함. 매호에 시와 장 콕토Jean Cocteau(1889~1963, 프랑스의 시인·소설가·극작가), 기욤 아폴리네르Guillaume Apollinaire(1880~1918, 프랑스의 시인·소설가), 막스 자코브Max Jacob(1876~1944, 유대계의 프랑스 시인) 등의 번역 시를 발표함.

1927년 ───────────────────────────────

2월 시 「천사들이天使達が…」를 『로바』 제9호, 「루벤스의 위작ルウベンスの偽画」을 『야마마유』 제2권 제6호에, 3월에 「시詩」(나중에 「나는僕は」으로 제목 변경)를 『로바』 제10호에 각각 발표. 5월 「비篝」를 「무지개虹」로 제목을 변경하고, 장 콕토 「닭과 아를르캥鷄とアルルカン」의 번역을 제6호까지 연재. 6월 「즉흥即興」(나중에 「잠자면서眠りながら」로 변경)을 『야마마유』 제2권 제9호에 발표한다. 7월 24일 아쿠타가와 류노스케芥川龍之介의 자살로 큰 충격을 받는다.

1928년

신년 일찍부터 감기에 걸리고 그게 악화해 폐렴을 일으킨다. 한때 증상이 나빠져 죽을 고비를 여러 차례 겪는다. 3월 「즉흥」(나중에 「나비蝶」로 변경)을 『로바』 제13호, 시편 「병病」('나의 뼈에 머물러 있는/작은 새여, 폐결핵이여')을 『야마마유』 제3권 제3호에 발표. 5월 『로바』는 제12호로 종간. 여름에 「어설픈 천사不器用な天使」를 쓴다.

1929년

2월 「어설픈 천사」를 『분게이슌주文芸春秋』에 발표. 3월 도쿄제국대학 졸업. 졸업논문은 「아쿠타가와 류노스케론」. 4월 번역서 『콕토 초コクトオ抄』(현대 예술과 비판총서, 제1편)를 고세이카쿠쇼텐厚生閣書店에서 간행.

1930년

1월 「가와바타 야스나리川端康成」를 『신초新潮』에, 「소에이* 작품에 대해宗瑛の作品について」(나중에 「소에이」로 변경)를 『분가쿠文学』 제4호에, 2월 「예술을 위한 예술에 대해」를 『신초』, 「레이몽 라디게Raymond Radiguet」를 『분가쿠』 제5호에, 3월 「무로 사이세이의 소설과 시」(나중에 「무로 씨에게 보내는 편지」로 변경)를 『신

---

*   소에이宗瑛: 가타야마 히로코片山廣子(1878~1957). 가인·수필가.

초』, 『야마마유』에 발표했던 「풍경」을 개작한 「풍경」을 『분가쿠』 제6호에 각각 발표. 『분가쿠』는 이 제6호로 종간. 5월 「루벤스의 위작」(완고)을 『사쿠힝作品』 창간호에, 「죽음의 소묘死の素描」를 『신초』에 발표. 10월 「성가족」을 썼으나 탈고 후에 다량의 객혈로 자택에서 요양함. 11월 「성가족」을 『가이조改造』에 발표. 다니카와 데쓰조谷川徹三(1895~1989, 철학자) 등으로부터 절찬을 받음.

1931년

『분가쿠』가 창간될 즈음에 마르셀 프루스트Marcel Proust(1871~1922, 프랑스 소설가)를 본격적으로 소개할 계획이었으나 2월쯤부터 병상에서 프루스트의 『잃어버린 시간을 찾아서À la recherche du temps perdu』를 읽기 시작한다. 4월 병세가 좋아지지 않아 후지미코겡富士見高原 요양소에서 지내다가 6월 말에 나온다. 8월 중순부터 가루이자와에 간다. 쓰루야 여관에 체류하면서 「회복기恢復期」를 다 쓰고 나서 10월 초순에 도쿄로 돌아온다. 귀경 후에도 열이 계속 나서 절대 안정해야 하는 상태가 이어진다. 12월 「회복기」를 『가이조』, 「밀회あひびき」를 『분카文科』 제3집에 발표.

1932년

1월 「붉게 물든 빰燃ゆる頬」을 『분게이슌주』에 발표. 2월 「성가

족」(500부 한정)을 에가와쇼보江川書房에서 간행. 3월 「무덤가 집
墓畔の家」을 『사쿠힝』, 「꽃 파는 아가씨花売り娘」(뒤에 「Say it with
Flowers」로 변경)를 『후진가호婦人画報』에, 5월 「마차를 가진 동안
馬車を持つ間」을 『신초』에 각각 발표. 프루스트에 열중하기 시작
해 이 무렵 자크 리비에르Jacques Rivière(1886~1925, 프랑스 작가·
평론가)나 샤를 뒤보스Charles Du Bos(1882~1939, 프랑스의 문학비평
가) 등이 쓴 프루스트론을 읽는다. 7월 「꽃을 든 여자」를 『후진
가호』에 발표. 월말에 가루이자와軽井沢로 가서 9월 초까지 체
류. 8월 「프루스트 잡기プルウスト雑記」(나중에 「세 개의 편지三つの手紙」
로 변경)를 『신초』, 『모밀잣밤나무椎の木』 제8권, 『사쿠힝』에 나누
어 발표. 9월 「밀짚모자麦藁帽子」를 『니혼코론日本公論』, 「에트랑
제étranger」를 『후진사롱婦人サロン』에 발표. 귀경 후 발열로 앓
아눕고 그동안에 괴테의 『빌헬름 마이스터의 수업시대Wilhelm
Meisters Lehrjahre』를 읽는다. 11월 「문학적 산책文學的散歩」을
『리베루테リベルテ』 창간호에, 12월 「문학적 산책—프루스트 소
설의 구성文學的散歩—プルウストの小説の構成」을 『리베루테』 제2호
에 발표. 연말에 고베神戸로 가서 다케나카 이쿠竹中郁
(1904~1982, 시인)의 소개로 러시아인만 지내는 작은 호텔에서
묵는다. 사무엘 베케트Samuel Beckett(1906~1989, 프랑스 극작가·소
설가·시인)의 『프루스트』를 구매해 읽고 자극을 받아 『잃어버린
시간을 찾아서Le temps retrouvé』를 읽기 시작한다.

1933년

1월 「얼굴顔」을 『분게이이순주』에, 2월 「여우 장갑狐の手套」(나중에 「책에 대해本のこと」로 변경)을 『홍本』 창간호에 발표. 『루벤스의 위작』 (300부 한정)을 에가와쇼보에서 간행. 3월 「초봄 날에春浅き日に」 를 『제국대학신문帝国大学新聞』(20일)에 발표. 5월 계간지 『시키四季』를 창간.

1934년

1월 「닭 요리鳥料理」를 『고도行動』에, 2월 「삽화揷話」를 『분게이文藝』, 「사촌 누이동생従妹」(나중에 「메꽃昼顔」으로 변경)을 『와카쿠사若草』에 발표.

1935년

1월 「흉노의 숲 등匈奴の森など」을 『신초』에, 2월 「릴케의 편지リルケの手紙」(나중에 「파리의 편지巴里の手紙」로 변경)를 『시키』 제4·5호에, 4월 「릴케 잡기(수첩에서)リルケ雑記(手帳より)」(나중에 「릴케와 로댕」, 또 「해시계 천사日時計の天使」로 변경)를 『분게이』에 각각 발표. 7월 약혼자 야노 아야코矢野綾子의 병이 악화하고, 호리 자신의 건강도 좋지 않다고 생각해 곁에서 시중도 들 겸 함께 후지미코겐 요양소로 들어간다. 가을 즈음부터 건강을 회복해 「모노가타리의 여인物語の女」 속편을 구상하지만 마무리하지 못해 괴로워한다.

1936년

1월 릴케의 「꿈夢」(번역)을 『시키』 제14호에 발표. 『성가족』(80부 한정)을 노다쇼보野田書房에서 간행. 6월 「베란다에서」를 『신초』에 발표. 10월 「바람이 분다風立ちぬ」를 작성. 11월 「겨울冬」을 쓴다. 12월 「바람이 분다」(「서곡序曲」, 「바람이 분다」)를 『가이조』에 발표. 「바람이 분다」의 종장을 쓰기 위해 오이와케追分(나가노현)에서 겨울을 보내지만 쓰지 못한다.

1937년

6월 단편집 『바람이 분다』(신선순문학총서新選純文學叢書)를 신초샤新潮社에서 간행. 12월 「가게로 일기かげろふの日記」를 『가이조』에 발표.

1938년

5월 중순 의붓아버지가 뇌출혈로 쓰러져 아내와 무코지마 집으로 가서 1개월 정도 간병하고 6월 중순에 산속 집으로 돌아온다. 10월 「산속일기山日記」를 『분가쿠카이文学界』에 발표.

1939년

2월 「가게로 일기」의 속편 「두견새ほととぎす」를 『분게이슌주』에 발표. 7월 가루이자와에 산장을 빌려 거처를 옮긴다. 8월 『성가족』(쇼와昭和 명작 선집 8)을 신초샤新潮社에서 간행.

1940년

7월 가루이자와에 가서 별장을 빌린다. 「오바스테姨捨」를 『분게이슌주』, 「나무 십자가木の十字架」를 『지세이知性』에 발표.

1941년

1월 「호박나무 필 무렵朴の咋く頃」을 『분게이슌주』에 발표. 2월 「나오코菜穂子」 탈고. 3월 「나오코」를 『주오코론中央公論』에 발표 (이듬해 제1회 주오코론 상을 수상). 12월 「광야曠野」를 『가이조』에 발표.

1942년

5월 하기와라 사쿠타로 사망. 8월 「꽃을 든 여자」(결정원고)를 『분가쿠가이文学界』에 발표. 『유년 시절幼年時代』(200부 한정판 및 보급판)을 세이지샤青磁社에서 간행. 9월 『시키』 제67호를 「하기와라 사쿠타로 추도 호」로 편집, 「하기와라 사쿠타로 연보(미정고)」(나중에 「하기와라 사쿠타로」로 변경)를 발표. 『하기와라 사쿠타로 전집』의 편집위원으로 편집에 관여함.

1943년

1월 「고향 사람ふるさとびと」을 『신초』에 발표. 「야마토지길 시나노지길大和路 信濃路」을 『후진코론婦人公論』에 연재(8월까지). 그 부표제는 「1」과 「2」(나중에 「시월」로 변경), 「3」(나중에 「고분」으로 변경),

「노베야마 고원野辺山原」(나중에 「잔설斑雪」로 변경), 「눈雪」(나중에 「썰매 위橇の上」, 또다시 「썰매 위에서橇の上にて」로 변경), 「목련꽃辛夷の花」, 「조루리사浄瑠璃寺」(나중에 「조루리사의 봄浄瑠璃寺の春」으로 변경), 「사자의 책死者の書」으로 바뀌었다. 4월 부인과 기소지木曽路를 돌아 야마토大和로 여행함.

1944년

1월 「수하樹下」를 『분게이文藝』에, 2월 『『우울한 고양이青猫』에 대해』를 『하기와라 사쿠타로 전집』 제8회 배본 부록으로 발표. 하순 모리 다쓰로森達郎를 동반하고 거처를 옮기기 위해 집을 찾아 시나노오이와케信濃追分로 간다. 도쿄로 돌아와 이사하기 위해 책을 정리하던 중에 객혈을 보여 절대 안정을 취해야 하는 상태가 이후 2개월 이어진다. 위기를 간신히 넘기고 6월 가루이자와로 이사한다. 7월 잡지 『시키』가 제81호로 종간된다. 9월 『광야曠野』를 요토쿠샤養徳社에서 간행. 봄에 빌려둔 시나노오이와케에 있는 아부라야여관油屋旅館 옆집으로 거처를 옮긴다.

1945년

요양에 전념함. 전쟁이 끝난 뒤에는 잡지사로부터 집필 의뢰를 받아, 새로운 잡지 『고겐高原』의 창간이나 『시키』의 복간復刊 이야기, 작품집 출판 이야기 등을 보낸다.

1946년 ─────────────────────────────

3월 「눈 위의 발자국雪の上の足跡」을 『신초』에 발표. 『꽃꽃이花あ
しび』를 세이지샤에서 간행. 월말에 발간할 『호리 다쓰오 작품
집堀辰雄作品集』에 대한 사전 협의를 위해 도쿄로 상경하지만,
도쿄에 있는 동안 혈담을 보여 열흘 정도 체류하고 오이와케
로 돌아온다. 7월 릴케의 「또다시さらにふたたび」 번역을 『구루미
胡桃』 창간호에 발표. 『호리 다쓰오 소품집·그림엽서』를 가도카
와 쇼텐角川書店에서 간행.

1947년 ─────────────────────────────

병세가 좋지 않아 의사가 한때 중태를 알려온다. 이후 죽기 이
전까지 병상에서 지내는 날이 이어진다. 4월 「오이와케에서追分
より」(나중에 「근황近況」으로 변경)를 『시키』 제4호에 발표. 12월 『시
키』 제5호로 종간.

1948년 ─────────────────────────────

9월 「세 개의 편지三つの手紙」(뒤에 『고대감애집』을 읽고 나서古代感愛
集』読後」로 변경)를 『효겡表現』에 발표.

1950년 ─────────────────────────────

『호리 다쓰오 작품집』이 마이니치毎日 출판문화상 수상.

5월 28일 오전 1시 40분, 부인에게 발견되어 오이와케의 자택에서 영면. 30일 오이와케에서 가매장됨. 6월 3일 도쿄 시바芝에 있는 조조사增上寺에서 가와바타 야스나리가 장례식 위원장을 맡아 고별식이 행해짐. 1955년 5월 28일 3주기에 다마 공동묘지多摩靈園(도쿄도東京都 후추시府中市 및 고가네이시小金井市에 걸쳐 위치한 도립 공동묘지)로 뼈를 옮겨 묻는다.